# 目录

# 勿忘草

［日］竹久梦二 著

曾杨 译

四川文艺出版社

**图书在版编目（CIP）数据**

勿忘草 / (日) 竹久梦二著；曾杨译. — 2版. —
成都：四川文艺出版社，2019.3
ISBN 978-7-5411-5249-8

Ⅰ. ①勿… Ⅱ. ①竹… ②曾… Ⅲ. ①童话—作品集
—日本—近代 Ⅳ. ①I313.88

中国版本图书馆CIP数据核字（2019）第027888号

WUWANGCAO

# 勿忘草

［日］竹久梦二 著

曾 杨 译

责任编辑　　余　岚
封面设计　　叶　茂
内文设计　　史小燕
责任校对　　文　诺

出版发行　**四川文艺出版社**（成都市槐树街2号）
网　址　　www.scwys.com
电　话　　028-86259287（发行部）　　028-86259303（编辑部）
传　真　　028-86259306

邮购地址　成都市槐树街2号四川文艺出版社邮购部　　610031
排　版　　四川最近文化传播有限公司
印　刷　　三河市华东印刷有限公司
成品尺寸　145mm×210mm　　　开　本　32开
印　张　　7.5　　　　　　　　字　数　150千
版　次　　2019年3月第二版　　印　次　2020年4月第二次印刷
书　号　　ISBN 978-7-5411-5249-8
定　价　　38.00元

# 城市的眼睛

留吉坐在稻田田埂上望着远处的山。这是他经常做的事情，因为山对面的城市，让他很向往。

听说，那里有皇帝的城堡；街上永远像过节一样热闹；城市里的百姓都穿着华丽的衣服，吃着可口的食物，过着悠闲自在的生活。只要是喜欢的东西，无论什么都能得到；任何有趣的东西随处可得；想去的地方，无论多远，只要招招手，电车或汽车就能送你过去。

同样是人，我却在这样的乡下，从早到晚只能看着大山过日子，真是太无聊了。好像无论怎样辛勤地工作，从父辈到子辈……不对，应是子子孙孙都无法过上更好的生活一样。这种生活和牛儿马儿的生活有什么差别呢？即使是马儿，也想去看看城市，最好能在那里生活吧，毕竟是大城市，至少比现在的生活要好吧！留吉感觉自己已经迫不及待了。

第三天的早上，留吉就到了城市的停车场。虽然以前在明信片和杂志的照片中见过并充分想象过，但当他真正来到城市，还是奇怪为什么这么多人聚集在一起，他们忙忙碌碌地走来走去。他就在这儿站了一会的工夫，已经有二十辆汽车从留吉面前驶过了。

留吉拎着一个印有蔓藤花纹的包，右手拿着一把洋伞，慢慢走出了停车场。

"喂喂，危险！"一个胳膊上绑着蓝色布条的巡警喊道，他把留吉从电车专线上拉回来，带到了比路面稍微高出一些的铺路石上说："如果要乘坐电车，请在这里等待。"

那里有个告示牌，上面写着"布料非常便宜哦"。留吉心想这是服装店的广告吧，布料便宜对我来说毫无意义。当下重要的是应该想想今天晚上得睡在哪里。

留吉想起小学时候的朋友——金田时雄，村长的二儿子，他现在住在城里，据说住在很好的地段。毕业考试的时候，留吉曾经教过他算术，他一定还记得当年的友谊吧！

留吉终于想起来这个从小一起玩的老朋友的住址。他住在半山腰的高档住宅区里那一排全是有门的房子里。

在第二十四号。可是留吉突然想起村里的老人经常说，城市里都要谎报数目，无论什么都要加一倍，也就是说他应该住在第十二号。但是留吉想也许这都像童话故事一样，只是说说而已吧。

那么第二十四号到底在哪里呢？

窄细的白色木栅栏上缠绕着红蔷薇。地上铺了石头，往里走是一堵嵌着各色玻璃的墙。这座西洋风格的房子，像西洋点心那样布满了各种美丽的颜色，红色的圆屋顶，桃红色的窗帘，就像小孩子居住的童话小屋一样。

就是这儿。这就是老朋友金田时雄的家。白色的柱子竖立在左右两侧，门是铁质的装饰格子门，留吉想，这简直就像郡府的门啊！

从门到玄关都铺着石头，两侧盛开着像假花一样鲜艳的进口花。

"时雄也真是厉害啊，以前算术那么差，来到了城市居然变厉害了呢！"留吉心想，他穿过门，飞快地来到玄关处。一种奇怪的感觉使留吉的心开始变得异常沉重。这是为什么呢？难道是因为老朋友住在了这么好的房子里吗？

"我以前还给他做过高跷呢，这家伙应该还记得吧？"想到这里留吉就放心了，打起精神走到玄关前。发现柱子上按钮的旁边写着"有事来访请按此按钮"。

"我有事呢，这里的主人就是我的朋友呢。"留吉就按了按钮。从屋子里面传来了"嘀哩嘀哩嘀哩"的声音。还有这样的东西啊！留吉从入口处的玻璃窗望进去，里面有个小洞，像一只闪闪发光的猫眼。

头上突然又传来了"嘀哩嘀哩嘀哩"的声音。留吉惊呆了，他不由得直接退到了门外。动作太快，头上的帽子掉在地上滚了起来。

"啊，不好了。"更倒霉事情正等着他呢——花丛中窜出一条凶猛大狗，它张开大嘴，露出锋利的牙齿，向留吉扑过来。

留吉拼命地跑到了第十一号，大狗终于没有再追过来。正刚刚站住，觉得万幸的时候，一名穿着衣襟上写着"金田家的号衣"的男子，拿着留吉的帽子站在那儿。

"非常感谢，给您添麻烦了。"留吉说完就想拿回自己的帽子。

这时，那名男子牢牢地抓着他的手说："你过来一下。"就把他带到了一所涂了白漆的房子里。坐在椅子上的巡警眼神专注，一眼不眨地看着留吉。

"刚才电话说的就是这家伙吧。"巡警站起来，问穿号衣的男子。

"是这家伙，警察老爷。"穿号衣的男子说。

"我没做坏事，只是去拜访一个老朋友。可是，可是那个猫眼嘀哩嘀哩嘀哩地叫。"留吉对巡警辩解。

"你说你是金田先生的老朋友，是吧，那么你叫什么名字呢？"

巡警开始打电话："这里有个自称老朋友的人……哦，那我知道了。首先，初步断定没有盗窃的目的，那我们就将人释放了……是……是，给您添麻烦了。"

打完电话后，巡警走到留吉面前说："金田老爷说没有你这样的朋友。"

"金田时雄啊，在算术考试的时候……"

"行了，行了。总之帽子给你，今后不要再擅闯私宅了。听明白了么？"

留吉坐在公园的长椅上，仔细瞧着手里的帽子。这顶帽子真让人倒霉。说不定它还会招来比今天更糟的祸事。在田里除草的时候，翻山越岭的时候，都是它陪伴着我，可是现在是永别的时候了。

留吉当下决定扔了这顶帽子。于是，他将帽子藏在长椅的下面，然后站了起来。可是当他刚迈出公园两三步时，巡警叫着追上来。"这顶帽子是你的吧？"说着他就将帽子交到了留吉手上。

"不是，这是……"在留吉想要张口说话前，巡警已经离开了。

留吉只好拿着这顶不幸的帽子迈开步子，走了一天，肚子也饿得咕咕叫了。正好前面一个小饭馆，上面写着"大众食堂，一餐十钱"。留吉走了进去，坐在一个角落的椅子上，吃完十钱的饭后，将帽子藏在了椅子下，装着什么都不知道走了出去。

"这是您的帽子吧。"随后从食堂里出来的车夫又将帽子扣在了留吉头上。

这个时候的留吉好像已经忘记了好好看看憧憬的城市，忘了找工作，忘记了老朋友已经不记得自己的事情。他满脑子只想着一件事，那就是如何扔掉这顶给他带来不幸的帽子，他一边想着一边在陌生的街上慢慢闲晃着。

天色渐渐暗了下来，街上的人流越来越少，留吉在街边尽头找到了一间脏兮兮的便宜旅馆。从旅馆二楼的窗户将帽子扔到了外面的空地上后，留吉终于放心了，夜里也睡得十分香甜。可是当他醒来时，那顶倒霉的帽子却完好地躺在枕边。

于是，留吉只好又一次拿着那顶不幸的帽子走出了旅馆。

"在这里扔掉帽子，如果流到河里，就再也回不来了。"他站在桥上，用尽全身的力气将帽子投到河里。帽子随着小波浪，很快漂向大河的下游。"没有这顶帽子了，我总能转运了吧！"这时，一艘汽艇嗖地向帽子的方向冲过去，不一会儿，汽艇就追上了帽子。汽艇上有两个穿白衣服的男子和一个巡警，巡警捞起帽子，将汽艇开到岸边。于是，这顶帽子又回到了留吉的头上。

留吉总觉得金田时雄家的猫眼，仿佛在公园长椅后的大树旁，大众食堂的椅子下，旅馆外面的空地，大河的桥下闪闪发光，它似乎随时注视着留吉的所作所为一般。留吉想来便觉得恐怖。

不久，留吉就戴着那顶不幸的帽子，从城市的停车场返回乡下了。

# 逃学记

两个小学生，倚靠在茶色的水桥栏杆上，出神地看着河面。

"你说，这水要流向哪里呢？"

"大海吧！"

"我当然知道要流向大海。我是问它要流向哪条河的支流，是上流还是下流呢？"

"这条河会流向神田川，然后汇入隅田川，最后再流向大海。"

"啊，对了，说到这个，现在可是地理课的时间呢，是'凯撒'在讲述他最拿手的海洋奇谈的时间呢！"

"啊！是呢！"

这两个小子就是故事的主人公，今天逃课，刚从学校里跑出来。话说回来，这个学校可真是严苛——八点开始上课，学生们哪怕迟到一分钟，大门就会毫不留情地"砰"的一声关上，把学生们挡在门外。A昨晚去了银座电影院，今天睡过头了。他急匆匆地赶往学校，在路上碰见了B。

"已经关门了！"B说道。

"你也迟到了啊？"看到有人跟自己一样也迟到了，A也就不那么担心了。

"你要回家吗？"

"回家更糟！还不如去哪里散散步呢！"

"那好吧！我也去。"胆小的A觉得除此之外，也没有其他更好的办法了，所以同意了B的意见。

"去尼古拉教堂看看怎么样？"

"好啊！"

B一直就想像大人一样威风凛凛地在银座散散步。如果他们有胆量的话，他甚至还会试试叼根烟，搂着肩，拖着脚在大街上晃悠。

"什么嘛！尼古拉教堂怎么把帽子给脱下来了呢？"B仰望着塔尖儿，两手插进兜里，装出一副年轻小伙子特有的狂妄讲道。

"真的！是因为地震了吧！"

A心里还想着逃学的事情，心不在焉地敷衍B。

在学校，地理老师"凯撒"正在点名。

"山田！"

"到！"

"小林！"

"到！"

"山川！"

"山川？"

"他不在！"

A从尼古拉教堂的围栏俯视着东京的街道。仿佛听见有人叫他"山川"似的，打了个冷战。

"山川，我们去银座那边走走吧！"

"嗯！"

"你打起点儿精神来！反正都已经不去上课了！"

"我才没有想那种事儿呢！只是……"

"只是担心，是吧！可是也没办法啊！迟到就是迟到了！"

"你说得对，去银座吧！"

两人向银座走去。这天真是好天气啊，空气中都飘浮着让人感觉春天已经到来了的柔软暖和的东西。去往须田町的时候，看见许多人都忙碌地走着。穿过人群的时候，卡车呀公交车呀都嘟嘟地边鸣着笛边在路上跑着，A和B也兴奋了起来。心里有一股冲动，不明所以地感觉到了节日的气氛，胆小的A也变得高兴了起来。

为了给年末促销活动营造气氛，步行街两旁挂满了一排排整齐的红灯笼，洋装店的露台上也有乐队在吹奏着进行曲。他们肩并肩，吹着口哨，用脚边打着拍子边踏踏踏地走着。


　　　看不见烟，亦没有云，
　　　没有起风，也没有浪。
　　　如镜子般，真可怕呢！

两个人像风鼓满船帆一样，往肺里吸满了空气，"扬帆"了。

没有起风，也没有浪。

踏，踏，踏。

不一会儿，他们又认为航海与其走笔直的大道，不如去开拓不为人知的航路来得更加有趣。

"这座马铃薯山怎么样？"那儿是蔬菜市场，白萝卜呀，芜菁呀，红番薯呀，都堆得高高的像一座座小山一样。

"哦——这种地方，也会有马铃薯！"这是一个新发现。

"这儿是神田的锻冶町哟！不是有首歌这样唱的吗，神田锻冶町的街角的干货店的栗子啊，硬得没法儿咬，栗子啊是神田的……"

"哈！哈！哈！那家干货店啊！肯定是那样的！"

二人觉得任何东西都十分稀奇、有趣。这究竟是为什么呢？从学校逃出来可不是什么好事儿。然而，为什么不是什么好事呢？又回答不上来。不过无论怎样，此次"航海"看起来非常有趣。比起节日，比起周末，肯定有其他不一样的新鲜诱惑。

在假日以外的时候，像这样走在街头，是未曾有过的事情。这仿佛冒险的行为令二人非常兴奋。他们就像被从笼子里放出来的小狗，飞快地跑了起来。看到凸窗上停着红雀，或者围墙旁长着太阳花，他们也都会停下来，好奇地瞧上一会儿，若是可以够得着的话，他们也一定要用手摸一下。

不知不觉地，二人已经过了日本桥，他们东嗅嗅西闻闻，这儿听听那儿看看，就这样漫无目的地来到了大河边儿上。

"隅田川啊！"

"是啊！"

逛到了这儿，两人都有些累了，肚子也饿了，连说话都提不起劲儿来了。于是，两人静静地坐在了河边的石头上。

一艘蒸汽船噗噗噗地吐着烟，像过河的小狗一样只露出头来在河里起起伏伏。

"我肚子饿了！"

"你带便当了吗？"

"没带。你带了吗？"

"我带了面包。"

于是，两人分吃了一个面包。从早上到现在都还没有喝过什么东西的两人也有点口渴了。

眼前满满的都是水，可却是黄色的泥水。街对面有挂着红色窗帘的咖啡店。此刻二人才意识到，要是身上带了钱，就可以在哪儿坐下喝一杯苏打水或者可可什么的了。

"你带钱了吗？"

"嗯，二十五分钱。"

"我有五分。"

"每人可以喝一杯茶。"

二人笑不出来。

"进去多不好意思啊！"

"嗯，是呢。"

两人轻手轻脚走到了咖啡店门口，恰巧此时，里面传出女人的声音，吓得他们溜走了。

仿佛是不知道敌人会追到哪儿为止一样，不管不顾地跑过了三条横町，一直跑到钟表店的窗户那儿才停了下来。两人心想：到了这儿了，应该没事儿了吧！

嘀嗒，嘀嗒，

当，当，当。

好多时钟发出各种声音走动着。但是，有的钟是八点十五分，有的钟是两点四十分。

"现在几点了？"

"钟表店的时间都不准的！"

钟表店旁边理发店里的钟，已经是十二点八分了。但是，理发店隔壁的水果店的钟，还不到十二点五分。如果在学校的话，现在都应该吃了午餐，在操场投棒球了。

两人再也感觉不到新奇了。身上仿佛背着沉重的袋子，袋子里装着两人越来越不安的心情。

两人觉得如果像现在这样一直在街头闲逛，直到学校三点下课的话，那简直跟接受惩罚没什么两样。

"要不要去学校看一看？"

"嗯！"

两人调转方向向学校走去。当他们回到学校所在的那条街道时，似乎时间已经过了三点，他们在附近没有看见一个熟识的同学。

他俩又战战兢兢地走到校门旁，看见大门紧闭，只有旁边供老师们和办事员出入的小门开了一条小缝。

这时，从门里面传来踏着沙砾的脚步声。

"来啦！"

"老师来啦！"

学校的旁边的围栏里生长着茂盛的洋槐树。二人急忙冲了进去，像死了一般僵直着身子，眼睛都不敢眨一下。

"啊！是他啊！"

"是山本老师！"

那是教体操的老师。平时，总觉得他很恐怖，但是不知为何，A今天却突然觉得他有些亲切了，眼泪也大颗大颗地流了出来。

经过这件事以后，A和B都学到了一个教训，那就是禁忌的冒险并没有那么快乐。但是，他们很快就又忘记了这个教训……

# 老师的脸

一

这是星期二地理课上发生的事儿。

森老师站在讲台上,她清楚地看见叶子藏在地理地图的后面,在笔记本上画着东西。

"叶子,带着笔记本到这儿来!"突然,森老师这样讲道。把叶子吓得不轻。

叶子平时成绩不差。但是她有一个坏习惯,只要手里有纸和笔,即便是上课的时间,她也喜欢画画。刚才她就是在地理课上偷偷地画着地理老师的脸。因为叶子非常喜欢森老师。

听见森老师在叫自己,叶子拿着笔记本走到讲台跟前。老师一脸严肃地打开笔记本,发现笔记本上画着的是自己的脸。

森老师慢慢地看着,忍住笑,终于开口道:"今天就原谅你,以后,不准再在上课的时候画画了哦!这个,我就暂时替你收着了。"

叶子向老师行了礼后,静静地回到了座位上,看着讲台的方向。但是森先生却完全不看叶子。这使叶子非常担心。

等了好久，终于放学了。学生们都迫不及待地回家去了。叶子最后一个走出校门，她一路上都想着今天地理课上发生的事儿，很是担心。

二

第二天，叶子提前一些离开了家，在森老师会经过的桥上等着她。不一会，森老师就和同年级的光子一起走了过来。叶子向老师恭敬地鞠了个躬。老师像什么事儿都没有发生一样，笑着对叶子说："早上好！"这下，叶子总算放心了。叶子尽顾着高兴了，忘记了向旁边的光子打招呼。

"叶子！早上好啊！"光子故意突然站到叶子的前面跟她打招呼，又用一副责备的语气开口道："叶子，今天绕远路了呢！"叶子平时就不喜欢这个坏心眼儿的光子。

"嗯。"叶子温顺地回应她。

这时，森老师一边帮叶子整理着丝带，一边说："叶子的家在山的那边吧！你们家附近的田野里开了很多花儿呢！这多好啊！"

"老师也喜欢那样的乡下地方吗？"

"嗯，我每天都想要去看看呢！"

"那，老师，请来我家吧！我家也有漂亮的花儿。比叶子家的院子要大很多哦！"

光子有些蛮横地讲道，可是谁都没有回答她。

三

第二天，第三天，叶子都在桥上等着森老师一起去学校。但是，关于笔记本的事儿，老师什么都没有说。叶子也不敢问。

光子非常嫉妒叶子可以跟老师一起来学校。一周过去了，终于盼到上地理课了。

叶子都快忘记笔记本的事儿了，因为要上地理课，这才想起来了。叶子期待地看着老师。她把上周学习的内容都复习了好几遍，被问到任何东西，她都能够回答得上来。但是老师却一直都不看叶子这边。突然，老师转向叶子问："巴黎是哪个国家的首都？"

光子有备而来，高兴地抢先答道："法国的首都。"

地理课结束了。叶子来到操场上的洋槐树下，呆呆地盯着自己的脚尖儿，不明所以地悲伤起来。

"叶子！"有谁从背后轻拍了一下叶子的肩膀。原来是叶子的好朋友朝子。朝子看着叶子的脸，问她："发生什么事了吗？"

"没什么。"叶子说完，扯出一个难看的笑来。

"这就好。你最近一直闷闷不乐。如果可以说的话，请告诉我！"

"不是的，我什么都没有想，我只是有点头痛。"

"这样啊！那可要注意休息呀！"

叶子直愣愣地盯着朝子，然后喊了一声："朝子！"

"嗯？"

"你喜欢森老师吗？"

"嗯，喜欢，非常喜欢！"

"我也喜欢森老师，可是森老师好像在生我的气。"

"才没那回事儿呢！"

叶子鼓起勇气和朝子坦白了自己担心的事儿。那天，两人聊了很多关于森老师的事儿。比如，森老师十分温柔；森老师是哪儿的人；如果森老师生病了，她们就去森老师身边照顾她；如果森老师去世了，她们就要在森老师的墓旁，修一所小小的房子，然后种满老师喜欢的花儿。

## 四

这次谈话后的第三天，叶子去学校后，看见了森老师生病停课的告示。那天，叶子在回家的途中，匆匆忙忙地跑到了田野里。她记得老师曾经说过她喜欢那里的花儿。叶子摘了好多花儿，直到自己抱都抱不住了为止。

叶子走到会碰到森老师的桥上时，遇到了从对面走来的光子。"你要去哪儿？"光子突然问。叶子心想，如果我说要去森老师那儿的话，她又要说些什么风凉话了，就装作若无其事地答道："嗯，就那儿。"

"你瞒我我也知道！你是要去森老师那儿，对吧！即便你去森老师那儿，也没用。老师还在生你的气。而且，老师非常讨厌你。"

光子嫌恶地说着，看到叶子怀里抱着的花儿，声音更大了。

"哎呀，你是要拿着这个去森老师那儿，对吧！老师那儿可有比这个多得多的，堆得像山一样高的花儿呢。而且是从温室花房里面拿去的。如果你一定要把你那花儿拿去的话，随便拿几朵就好了！老师也许会喜欢你那些丑不啦叽的花儿的。拜拜喽！"光子扔下这些话，就气呼呼地走掉了。

叶子一个人靠着桥栏杆，紧紧地抿着嘴唇，滚烫的泪水像断线的珠子般簌簌地掉进了水里。

叶子从桥上呆呆地注视了一会儿水面，然后把手中的花束扔到了水中，飞快地跑回了家。

## 五

那天傍晚，叶子收到了森老师寄来的一个包裹。叶子想着会是什么呢，一边打开了包裹。包裹里面是自己的笔记本。叶子战战兢兢地打开了笔记本。笔记本上有森老师亲手写的信。

叶子：
　　现在是还给叶子你可爱的笔记本的时候了。
　　画画是一件非常好的事儿，一点儿也不坏。但是，在不应该画画的时候画画就不好了。叶子为老师摘花儿，又把花儿扔到河里的事，这些我都知道。流水把饱含着叶子心意的花束带到了我病房的窗户下面，又交到了我的手里面。很感谢叶子的亲切和善良。

请放心。我的病只不过是小感冒。下个星期一，你就可以在讲台看见我了。

以后也请一定做一个更好的孩子。不要在上其他课的时候画画哟！不管朋友对你说了什么，都不要怀疑自己是一个善良的孩子，要成为一个坚强的孩子。先说到这里！

再见喽！

# 妈 妈

## 一

"伊！"你说道。

"然后呢？"母亲问道。

"吕！"

"然后呢？"

"波！"

母亲抱你坐在膝盖上。外面北风呼啸，地上所有的草木都在悲鸣。

那时，你也吓得发抖，紧紧地依偎在母亲的怀里。

北风越是刮得猛烈，台灯的灯光就越发明亮，桌上的苹果也越发显得红亮，暖炉的火也渐渐暖和起来。

你的膝盖上放着小人儿书，翻着的那一页上写着悲伤的故事。母亲为你读着那篇故事。——那已经是读过百遍的故事。

每当读这个故事的时候，母亲的眼神就会暗淡下来，声音也变得低沉，显得十分悲伤。你也屏住呼吸听得入迷。

是谁？

是谁杀死了知更鸟？

麻雀说道：是我！

我用这张弓和这把箭杀死了我的知更鸟。


你在胸中无所隐藏地勾画着这骇人的场景。这可憎的箭穿过了小鸟美丽的红色胸膛，可怜小鸟的遗骸躺在了刺客的手里。

你喉咙突然哽咽，眼泪浮上眼眶。一滴，两滴，流过你的脸颊，悲伤温热的眼泪，宛若雨滴般落在了小人儿书上。

"妈妈，知更鸟好可怜啊！"

"孩子，别哭了！"

"但是妈妈，麻雀……麻雀……把它……把它杀死了！"

"啊，是呀。是麻雀杀死了知更鸟。书上虽然是这样写的，可是孩子你听过这样的故事吗？"

"什么？"

小人儿书只讲了这个悲惨的故事的一半。母亲知道另外一半。知更鸟确实被杀死了，横尸在血泊中。然而，正由于这一箭，使有着慈悲心肠的知更鸟，展开翅膀去了正直的鸟儿应该去的地方。然后，知更鸟在天堂——啊！它太开心了——见到了自己先一步而去的妻子和孩子。

"知更鸟爸爸，知更鸟妈妈，还有它们的孩子，现在都生活在那里了。它变成了这个世界上最幸福的知更鸟哦！"母亲亲了亲你布满了泪水的脸颊，这样说道。

你眼睛睁得大大的，已不见泪水的踪影。你的思绪飞远，飞去了那住着知更鸟的新家园。知更鸟又活了过来，它明亮的眼睛，一眨一眨，色彩鲜艳的胸脯下心脏正有力地跳动。它婉转啼鸣，带着妻子和孩子从这个枝头飞到那个枝头。无论是修补小小的故事，还是修补小小人儿的幼小心灵，都宛若修补小小的袜子般，是母亲拿手的活儿。每当这个时候，你的膝盖总是从袜子里探出头来。等到天黑时，袜子一定会多出一个破洞，从那儿可以看见你满是泥巴的膝盖。

"瞧瞧！这才刚给你洗过！"母亲这样说着，在你睡觉之前，把你带到了浴室里。你坐在大水盆的盆沿，不听话的脚哗啦哗啦地玩水，看着母亲的侧脸。

"唉！真是个脏孩子！"母亲边说着边清洗你带着新伤的黑黢黢的膝盖。洗干净以后，又总会这样讲道："哎，我们家闪闪发亮的宝贝儿！"你的袜子，在早晨你出门时有多么干净，傍晚回家时，它就会脏得多么惨不忍睹。然后，照例家里又会一阵骚动——线轴子呢？在哪儿？线呢？针呢？

夏天的早晨，母亲常常会坐在院子的一角，身边放着针线箱，缝补着东西。太阳透过树木的绿荫，投下金色的光芒。鸟儿叫累了，风儿也困得打盹儿时，妈妈还不停地在穿针引线。太阳下山，吃完晚饭后，母亲又继续在昏黄的灯下做着针线活儿。

"妈妈，你为什么要一直缝东西呢？"

"我想给宝贝儿子做一件蓝色的水手服，给宝贝女儿织一件紫色的披风呀！"

"妈妈，你喜欢针线活儿吗？"

"嗯……我不这样认为。"

"那……妈妈你不会累吗？"

"有时候累吧！"

"那就休息一下吧！妈妈！"

"休息？好，那就休息一下吧！我再缝一会儿，然后我们一起玩儿。"

"可，可是，妈妈，你总是说一会儿，一会儿，就会又缝一整天呢。喂，妈妈，妈妈！"

你想了一会儿，然后对忙个不停的妈妈说道："已经够了，可以不用再缝了。"

"已经够了？这孩子！"妈妈微笑着，你也不明所以地笑了起来。

后来，你逢人便说："我的妈妈呀，照顾我，疼爱我。她会说一会儿，一会儿——然后缝一整天的衣服。"

然后，那些人都会对你这样说道，既然妈妈照顾了孩子，那么孩子也应该为妈妈做些什么才对。实际上，你也会按照他们说的那样去做。你噌的一下挡在母亲面前，紧捏小拳头说道："不准碰我的妈妈！"

你嘴唇都颤抖着，泪水在眼眶里打转儿，可眼里的怒气丝毫不减。母亲把你抱过来，抱到胸前说道："爸爸呀，是在跟妈妈开玩笑呢。"

"你看！爸爸不是在笑吗？"

父亲说道："呀！你个小毛孩儿！爸爸是在开玩笑呢。"

母亲微笑着，带点得意，为你擦去了眼泪。你诧异地看着向你伸来手的父亲。你被母亲推着，有点害怕地走到父亲跟前。

父亲说："你必须永远像今天这样保护妈妈！在爸爸不在的时候，不允许任何外人欺负妈妈，知道了吗？"

母亲吻了吻你的额头。

"我是保护妈妈的军人。"

因此，这以后，你在身边的时候，母亲就少了些许担心和牵挂。

"啊，那个荒木的老婆，又在欺负人了。"

母亲低声说道。可仍旧没有逃过你的耳朵。然后，你就不明所以地恨起荒木夫人来了。结账的日子，荒木夫人亲自来了。母亲在庭院里，没有听到。你便出去和荒木夫人打招呼。

"今天，你见不到我妈妈。"你一副严肃的表情讲道。

"咦？那可奇怪了。"荒木说着就向前走了一步。

"不行！"你使劲儿推着门，高声说道，"不行！不准进来！"

"你个小孩子别管闲事儿！"荒木夫人声色俱厉地吓唬你。可是你却一点也不害怕，怒目而视，大声而又严厉地重复道："你见不到我妈妈的！"

"为什么？我要知道原因。"荒木夫人越来越生气，"这到底是怎么回事儿？我倒要听你说说看！"

"为什么？因为爸爸不在的时候，我要保护妈妈。因为爸爸告诉我，不准让妈妈不想见的人欺负妈妈！"理由很长，一口气说完也不是件轻松的事儿。

荒木夫人做出一副恍然大悟的样子笑着说："呵！原来是这么回事儿啊！那么，你这小家伙怎么知道你妈妈不想见我呢？"

"因为，妈妈这样说过。"

你说得断断续续，也许荒木夫人没有完全理解。但是总而言之，这很有效果。荒木夫人怒火中烧，踢着裙边儿回去了。你轻轻地关上了门。做出凯旋的动作回到妈妈身边！

"都解决了，解决了！"

"孩子，什么解决了？"

"荒木夫人。"

你答道。你就是这样尽心尽力地保护着母亲。母亲越来越爱你，你也越来越尽心尽力地保护着母亲。即使你生病了，可心情还是会很不错。为什么？因为每次母亲做了好吃的东西，装在茶碗里，搁上调羹端来时，你都吃得狼吞虎咽，好像要再来一碗——这是无法抹去的铁证。然后你拿来柔软的枕头，穿着妈妈缝补打有许多补丁的棉袍睡下了。

枕头上缝着母亲嫁过来的时候穿的和服绸布的小碎片，以及很早很早以前妈妈还绾着裂桃顶髻时出门穿的藏蓝色和服外挂的小碎片。还有许多，有祖母穿的柔软的银色和服的碎片，有小春的闪闪发亮的桃色和服的碎片，有父亲年轻时戴的领带的竖条布片，还有蓝色和黄色的碎片。你因为生病瞌睡连天。这些色彩斑斓在你眼中也和冰冷的雪白色无异。然后，你听见有雪橇的铃声传来。

可以看见角落处附有小小的教堂的圣诞卡片。教堂的塔尖虽被大雪冻住了，可教堂的窗户却因为这节日的喜庆变得明亮和温暖起来。

看着那些"褪色"的碎片，你渐渐想起了小鸟、星星以及阳春泪等各种各样的事情。

若是将眼睛移向祖母银色的和服碎片，原本绿色的天空就忽而变得暗淡，下起雨来。

然而，你看着看着小春的桃色的闪亮的和服碎片和父亲的蓝色的碎片，便发现碎片上开出花儿来，太阳也闪耀起来。不一会儿，所有的颜色都混在了一起，乱成一团——蒲公英呼呼地飞舞着，雪橇的铃声响起，紫罗兰花盛开在大雪中。然后，你睡着了。睡眠可以令你小小的身体好起来。

二

春天来了。

樱花树的枝头有蜜蜂飞舞，春风在耳边轻轻抚过。你和母亲两人在院子里，白色的花瓣儿飘落，似雪，悄无声息。

小鸟迎着晨光，婉转鸣啼。

你笑着载歌载舞。圆睁的眼睛里映着浩瀚的蓝色的天空，无边无际的绿色的草原。你潮红的脸颊上看得见太阳的光辉和微风的影子。

"妈妈你看，我飞起来了！"

"唉！"

"看，这次是倒立！"

"嗯，真棒！"

"妈妈，你知道我长大以后要成为什么样的人吗？"

"要成为什么呢？"

"我要成为马戏师！"

"嗯——"

"骑在大白马上，妈妈！"

"嗯，不错！"

"然后我要飞过月亮。"

"月亮啊，嗯——"

"对！月亮！妈妈，你等着看好了！"这样说着，你还飞跳过了外面钉耙的手柄。

那是为了飞越月亮而做的练习。

"但是，我可能不会成为一名马戏师！肯定不会！妈妈。"

"不成为一名马戏师？"

"我要成为像乔治·华盛顿一样的总统！爸爸说我可以的。我可以的。对吧？妈妈！"

"对的，那就成为总统吧！什么时候呢？"

"但是，次郎当不了总统。对吧？妈妈？"

"为什么次郎成不了总统呢？"

"因为即便约好了，次郎也立刻就会说谎。我不会说谎，乔治·华盛顿也不会说谎。"

"对！对！那样比较好！马戏师和大总统是不能相提并论的。"

"我……妈妈……我一定会成为大总统的！"

"嗯！挺不错！我的孩子肯定会成为总统的！"

妈妈离开，开始缝衣服去了。

"妈妈！"

"怎么啦？"

"我要唱歌了！"

你选了一个合适的位置，径直面对院子，双脚闭拢，双手垂直放下，摆好"请注意"的姿势开始唱歌了。

剥夺了民众的

自由的暴政，

连上天

都不会饶恕，

十三州人民的

鲜血在涌出。

"再唱小点声！"母亲说道。

> 剥夺了民众的
>
> 自由的暴政，

"那样小的话，又听不见了！"母亲笑了。你恶作剧得逞似的笑了笑，又提高了声音。

> 连上天
>
> 都不会饶恕，
>
> 十三州人民的
>
> 鲜血在涌出。
>
> 站在这里的华盛顿……

"嗯！唱得不错！"母亲夸赞道。

"那么，下面轮到妈妈了。妈妈唱什么歌儿呢？"

"什么歌儿？"

"嗯——就唱那首《紫罗兰之歌》吧！"

"紫罗兰啊……"母亲这样说着，停下正在做活儿的手，仿佛进入了梦境：

"蓝色蓝色的紫罗兰……"

"跟天空一样的蓝色。对吧！妈妈？"你插嘴道。

"像天空一样蓝。是的，从前，世界上没有一株紫罗兰。"

"星星也是。对吧！妈妈？"

"嗯！紫罗兰和星星这个世界上原来都是没有的。然后呢，孩子，有东西将蓝色的天空分开了一点，让天空变得明亮起来。那就是最初的一株紫罗兰。"

"那么，星星呢？"

"孩子，你知道的呀！星星是蓝色的天幕上的小洞。从那里可以透出天空的光芒。"

"真的吗？妈妈。"你仰脸问母亲。

母亲的眼睛闪烁着紫罗兰一样的蓝色，映射着闪闪的星光。因为天空中星星们在闪耀。

母亲是这个世界上最不可思议的人，她知道好多事情，也知道昼夜守护着孩子的神明的故事。母亲曾经告诉你，神明不仅知道你的头发有多少根，而且还知道鸟儿又死去一只或者又多了一只。

"如果是这样的话，那么，妈妈，知更鸟死的时候，神明也知道吗？"

"知道的。"

"那么，我的手指受伤的时候，神明也是知道的？"

"神明什么都知道哦！"

"那么，神明知道了我的手指受伤，会觉得我很可怜的。对吧！妈妈？"

"嗯！神明是这么想的。"

"那么，神明为什么要让我的手指受伤呢？"

母亲沉默了一会儿，轻轻对你说："我的孩子，妈妈也不知道为什么。除了神明，还有许多许多人们不知道的事情呢。"

母亲的话令你疑惑不解，看到你不解的表情，母亲怜爱地将你抱上了膝盖。

你从母亲的口中知道在天空的某处，在云端上有金光闪闪的宫殿，宫殿里面住着戴着金冠的神明。下面绿色的世界里，有小鸟死去，有小孩子的手指受伤，有被母亲抱着哭泣的小孩子。神明看着所有发生的事儿，看着所有的人。但是他不会帮助那些人。

你两手圈着母亲的脖子，紧紧地依偎在母亲的胸口。

"妈妈！我讨厌神明！我讨厌神明！"

"我的孩子，你为什么要讲这样的话呢？神明是很疼爱你的呀！"

"可是，可是，神明不像妈妈一样。神明不会像妈妈一样。"

三

蜜蜂在苹果树的树梢嗡嗡飞舞，微风沙沙地摇晃着树枝。已经是五月了。院子里只有你和母亲两个人，纯白的花瓣儿像雪花一样纷纷扬扬地落下。你坐在祖父亲手为你做的秋千上。

微风轻抚，绿叶儿的影子随之摇摆。你的心也如你在梦境中看到的那样摇摆着。

风在苹果树枝头歌唱，吹弯了缀满花朵的枝丫。

你的头顶上都是飞过天空的小鸟，还有小鸟的歌声。你穿着蓝色的和服坐在秋千上，仿佛是要扬帆远航于蔚蓝色大海中的水手。

风刮得船帆哗哗作响，白帆里灌满了风。船只迅疾地驶出，溅起白色的水沫。海鸥鸣叫着，在天空中划出一道道弧线。然后你任凭海风吹乱你的头发，没有目的地，只是一个劲儿地前进前进。

"妈妈！"

你在梦中轻轻地呼唤着。声音还蒙蒙眬眬，带着睡意。母亲没有听见，她坐在旁边微笑着。似乎针变钝了，衣服快要从膝盖上滑落下来。

如今，你知道你的母亲是这个世界上最温柔的人，你也是你的母亲最珍爱的孩子，这些你都知道，可当时你不明白。

在母亲的院子里，你坐在母亲的膝盖上，母亲抱着你，你双手捧着母亲的脸颊，好奇地盯着母亲蓝色而又深邃的眼睛。

"我的孩子真可爱啊！"这是母亲满溢疼爱之语。

"嗯！"

"我的宝贝儿！我可爱的宝贝儿！"

母亲说着，将你抱到胸前，用脸颊温柔地摩挲着你的小脸蛋。

"不记得是什么时候了，妈妈在这个院子里，梦到了宝贝你呢。"

“梦到了我？妈妈？”

“嗯！刚巧是在这个院子里，那儿的月见草花儿开得正盛的时候。妈妈梦见你还是婴儿的时候。啊！那个时候风儿为月见草花唱歌。妈妈给你唱着摇篮曲。孩子你听到歌儿以后，就朝妈妈伸着小手笑了，然后……”

“但是妈妈，那是梦！”

“不过梦里面的事儿也都变成真的了。在六月的一个晚上梦境成真了。——六月一号的时候……”

“我生日的时候！”

“是呀，孩子你生日的时候！”

你立即说道：“妈妈，好美的梦！”

# 再　见

　　今天来到学校，冬子发现一位新同学坐在了她的前面。新同学扎着厚密的鸢色的辫子，十分美丽。

　　冬子坐到自己的座位上，出神地望着那美丽的头发。

　　虽然还不至于想将那头美丽的秀发从少女身上夺过来，可是冬子不知为何却难过起来：这世界真是不公平。

　　有的女孩就像住在天国里的少女那样，气质高雅，有着一头漂亮的秀发，为什么偏偏自己的头发却这么难看，难看得自己都不想去看。我该怎么办呢？

　　冬子的头发不得不扎起来。只要有一点点头发没有被扎住，便会飞起来。那头发就像老鼠的尾巴一样，在冬子的头上跳舞。

　　甚至这个同学的名字也相当动听——她叫作星夜。

　　星夜的和服也很罕见，和服颜色和她的皮肤很相称。

　　冬子的和服是她妈妈年轻时穿的和服改做而成的，是黑腰带的茶色和服。妈妈的和服又是由喜欢黑色的祖母的衣服改成。都是很素的颜色，可是质地都很好，以前都是很漂亮的，这点对于冬子来说是仅剩的一点自豪。

在教室门口，冬子盯着星夜同一个颜色的帽子和大衣。她不明白为什么它们都是同一个颜色。

总之，这看起来像是其他地方的和服。星夜的妈妈在平时也是让星夜穿这样的和服的吗？

下课时间一到，其他同学便将星夜一个人留下来，吵吵闹闹地离开了教室。

冬子有点担心星夜，所以还是坐在了座位上。

比冬子大一点的同学秋子偶尔看着冬子这边。冬子目不转睛地盯着那头漂亮的头发站了起来。结果秋子大声笑了出来，很是讨厌，冬子只好又坐了下来。

学生都回家去了。冬子担心秋子再次笑话自己，星夜没有动，所以自己也没有离开座位。

"你最好快点回家哦。否则的话，被关在教室里，会死掉哦。"

冬子这样说道，可是星夜却仍然坐在位子上。星夜低着头，不让冬子看见自己的眼泪。

星夜不想说话，她知道，奶奶正在门外等着她。如果被其他同学知道了，会很不好意思。今天早晨，在学校里，老师教育他们，长大了就不要和奶奶一起来学校了。

"哎呀，门外站着一个奇怪的妇女。"冬子看着窗外说道，"你要是再不回去，那个人就会过来打你哦。"

"你喜欢和我一起回家吗？那我和你一起回去。"冬子将手放到星夜的肩上，小心翼翼地问道："那个人，是谁呀？"

"我的奶妈。"

冬子瞪大了眼睛看着星夜。冬子从来都没有听过"奶妈"这个名字。她打开了窗户，又望了望那个被叫作奶妈的妇女，穿着一身全黑而且高档的衣服。

"那我们走另外一条路吧！"冬子踮起脚尖，悄悄地拉着星夜的手，她们下了楼梯，穿过暗暗的走廊，来到了后门，"来，我们跑吧！快点！"

在路上，星夜告诉冬子，她和自己的伯母住在一起。

"你妈妈呢？死了吗？"

"我妈妈在外国。"

冬子不明白"外国"是什么意思。不过，她也听懂了星夜不和她妈妈住在一起。

"谁给你编的辫子？"冬子冷不丁地用大人似的口吻问道。

星夜温柔地答道："我的奶妈给我编的。"

"星期天，谁给你放洗澡水呢？"

"奶妈每天都给我放洗澡水。医生说，小孩子必须得天天洗澡。"

"啊，每天！你每天都洗澡啊？……然后，妈妈在外……外国的时候，谁为你祈祷呢？"

"啊，都是奶妈在做。"

"啊，就算你妈妈在，也是奶妈在做这些事吗？"冬子很不理解星夜的情况。

冬子认为，所谓的妈妈，就是给孩子缝制和服，教孩子唱歌，嘱咐孩子做事情，帮助孩子复习功课的人。

妈妈就像苹果树，将自己茂密的树枝伸向蔚蓝的天空，形成阴凉的树荫，不让孩子被太阳晒到，让孩子快乐地成长。可是，星夜的妈妈却去了"外国"！由奶奶为她祈祷！可能，奶奶和妈妈是一样的吧。冬子自己做出了这样的判断。

"那，你奶奶会给你零花钱吗？"

"不，不会。"

只要冬子不调皮，冬子的妈妈总是会给冬子零花钱的。难道星夜是个调皮的孩子？可是，大人们说，调皮的女孩的头发是不会长长的，所以星夜应该不是个调皮的孩子，冬子这样想着。

"你问你伯母要些零花钱给我吧！"冬子嘱咐道。

星夜想到自己来到这个学校，冬子是第一个对她好的同学，所以不忍心拒绝。可是，伯伯和伯母都没有什么铜币，突然想到平时都是厨师拿着的，虽然觉得这样不好，可还是将它们悄悄地拿了出来。

冬子站在针线铺前，等着星夜。冬子和星夜小心翼翼地环视着标着二钱到五钱左右价位的价格牌的东西。

"啊，这里有个摇篮。可是没有人偶娃娃也不能用呀。这里也有人偶娃娃，可是要是只买人偶娃娃，不买摇篮，又很没有意思……好，就这么办了。先买摇篮，下次再买人偶娃娃吧！我要是男孩子就好了。就会买步枪玩了。你看，子弹一钱有四个呢。多好啊……"

星夜的脸上并没有兴奋的表情，只是站在窗户下沉默着。

"我还想要小刀之类的东西呢。还有，暖炉也想要呢。上次买的时候要十钱呢，好贵呀。"冬子一脸的为难。

"还必须得买椅子。"冬子挽着星夜的手臂说道。

"还有，还要买桌子。还有沙发，衣柜，还有，下次我们要买人偶娃娃呢。还有，如果买点心，还得买暖炉。"

"我问问伯母吧。"星夜用低低的声音勉强说道。

买了很多东西后，两个人走出了商店。

星夜被冬子鼓动着，做了不得了的事情。

"来，我们跑吧！"冬子拉起星夜的手，跑了起来。

"你喜欢这样吗？"冬子问道。

"嗯。"星夜居然这样回答。她知道这个时候应该回答"不"，可是——星夜将掉下了的矜持踩在了微尘中。

冬子又站住了。"你自己花过零花钱吗？"她低声说道，"只对我一个人说哦。不要对其他任何人说哦。"

不用去想，星夜的记忆中，没有过这样的经历。"我不知道。"星夜的声音微微有些颤抖。冬子默默地将剩下的糖球给了星夜。

"星夜家里很有钱喔。"这个消息曾经被从一个课桌传到了另一个课桌。冬子也知道星夜不是穷人家的孩子，可是她想，既然身上拿着零花钱，就应该会用啊。

冬子想起了星夜第一天来学校时一起来的那个一身黑西装

的奶妈。肯定是那个奶妈在拿着星夜的零花钱。冬子停止了奔跑，静静地挽着星夜的手腕走着。我无论什么时候都不会抛弃星夜，她想。

几天后，在少女们聚会的一天。这次的聚会的主题是丝带大会。

课间休息时，星夜走到冬子跟前，问冬子带什么样子的丝带好。

冬子将跳绳扔在一边说道："旧丝带！旧旧的小小的丝带。"

"必须得是旧的吗？"

"是啊。谁会有新的丝带呀。"

第二天早晨，星夜早早地来到了学校，躲在白杨树背后等着。因为她不喜欢被其他学生问："你带了什么样子的丝带呀？"

"奶妈说，她没有旧的丝带。"星夜告诉冬子。

"一条也没有？"冬子很吃惊地问，"一条也没有呀？"

星夜的眼眶湿了，蒙蒙胧胧的。

"要是你妈妈在，就不用那样的奶妈了。"

看着星夜的眼泪，冬子不知为何脱口而出："我把我的一半分给你吧。"

星夜默默地收下了这些宝贝，两个小女孩将这些丝带埋在了白杨树荫下的一处神秘的地方。

大人啊，就是在孩子完全不知道的时候，突然就改变了孩子的世界。就像现在，星夜的妈妈突然从外国回来了，要将星夜带走。

"我把我所有的宝贝都送给你吧。"冬子真心地对星夜说。二人一起来到白杨树荫下的那个神秘的地方，将所有的宝贝都挖了出来。

星夜在那天傍晚，悄悄地又来到了那个神秘的地方。

第二天，冬子无意中朝白杨树下走去。她挖出了一个小小的箱子。啊，那个箱子里装了满满的漂亮的旧丝带，那是她们两个人的宝贝。

冬子拿着那个小箱子站了起来。怎么回事？是不是奶妈对星夜说不准带这些东西？不，不对。星夜的妈妈不是要带她走吗？一定是星夜的妈妈不让星夜带这些东西。星夜真正的妈妈！

泪水从冬子的脸颊上流了下来。现在，冬子终于明白了。

可怜的星夜！再见。

# 母　亲

　　该从何说起呢。每到这个时候，我家乡那刺骨的寒风便会嗖嗖地吹打着支撑菊花的细竹的切口。

　　我们母女就围坐在被炉旁，侧耳倾听栗子树的枯叶打在酒窖的门上，发出很大的声响。父亲在这个时候，便要将新酒运送到播州至大阪一带的地方，会经常不在家。

　　母女二人在这寂静的夜里，便躲在里屋的储衣室内，大声朗读着《阿波鸣门》及《朝颜日记》等净琉璃①读本。当时眼窝浅的我便会不时抽抽搭搭地哭起来。

　　每当看到母亲用银色的发簪将细细的手提行灯的灯光挑亮的纤细的手，我这个孩子的心中，便一阵心疼，并且开始憎恨起父亲来。

　　那年，我五岁，去神社参拜。我记得，当时我穿着天鹅在"青海波"上跳舞的花纹的长袖和服。无论怎么看都觉得是过于成熟的装扮。我被母亲牵着手摇摇晃晃地走在多是小石子的

---

①　净琉璃：日本传统音乐的一种说唱故事。

田间小路上。对了，当时我还穿着朱漆的木屐，木屐上系着的铃铛，每当我走一步便铃铃铃地作响，我很开心地飞快地走在母亲的前面。初夏的微风吹拂着麦田，从那麦田之上，可望见栽着松树的美丽的山冈。山冈上，陈列着无数座牌坊，那牌坊一直延伸到很远很远的地方，这让我觉得有点奇怪。

在去神社的途中，我还说我的玩具鸽笛飞到空中逃走了，缠磨着母亲发脾气。然而，那应该是云雀什么的边叫边在空中飞翔。直到现在，说起这件事，还会被大家嘲笑。

我的和服全部都由母亲亲手缝制而成。为了使这些和服合身，母亲亲自染线，亲自数条纹的个数。每一个条纹的颜色都可以看出母亲那浓浓的爱意和非凡的品味。我和服所用的布大都是从播州赤穗而来的奶妈边唱着好听的歌谣边纺成的。奶妈唱的歌谣是多么好听啊！村里的年轻人纷纷来到窗下，听奶妈唱歌。那首歌是怎么唱的来着？想起来了！虽然奶妈没有教过我，我却记住了它的歌词：

美伊代呀，你在纺布啊？
那手上拿着机杼，
是在为谁纺布？
唧唧，锵锵，
唧唧锵。
心中的线，
有粗也有细，

心中的条纹，

有红也有蓝。

唧唧，锵锵，

唧唧锵。


　　怎么样？是首很好听的歌谣吧？奶妈唱的歌曲不仅仅只有这一首，然而，没有一首歌曲能像这首歌的歌词那样让人清晰地想起过去。我每次唱起这首歌，便仿佛变成了一个小姑娘，想要撒起娇来。

　　母亲在那时还很年轻，那精心修饰的眉毛残留着青色，染黑了的牙齿[1]笑起来的时候是多么美丽呀！说到美丽，每当这个季节来临时，去开满映山红的后山上纺布的少女们，当她们年轻的脸庞被青青的叶子照耀着，那样子在孩子们看来也是十分美丽的。当时还是小孩子的我，还会让大人在竹笋皮上放入梅干和紫苏，然后咻溜咻溜地吸着。也不是这种味道有多么美味，但在小孩子看来是十分有趣的。那味道我至今依然记得。哎呀，话题扯远了。

　　母亲喜欢蓝线；祖母喜欢黑线；姐姐喜欢紫线；而我喜欢红线。

　　初春的阳光倾泻在漆着白壁的酒窖前的小院子里。

　　母亲那白皙的手指飞快地来回动着，我和服的布便织好了。蓝的线，黑的线，紫的线，红的线，于是，我小小的心灵便被渲染得五彩缤纷了。

---

① 古时日本已婚妇女的标准装扮。

春夏秋冬……樱花盛开，白云飘浮，大波斯菊凋零，雪花落下。然后，我便由小孩子长成了少女。蓝色的线能给我幸福，黑色的线为我拭泪，紫色的线将我带到美神身边，还有，红色的线将我的命运交付到了恶魔的手中。我不理解为什么是这样。因此，我穿着这身和服，便会产生一种莫名的恐慌。

"妈妈！"

"哎！"

"妈妈！"

"哎哎！"

"妈妈！妈妈！"

"又来了！这孩子。"

"可是……"

"哎呀，这孩子怎么了？怎么哭啦？这孩子什么时候才能让人省心——是不是想吃奶了？"

"可是，人偶娃娃哭了呀！"

走到母亲跟前撒娇已是很久以前的事情了。当漫长的梅雨季节过后，母亲由于过于劳累，躺在了病床上。

不知从何时起，系在小窗下的风铃的声音也听不到了。长久为母亲扇扇子而劳累的手也动不动就疲乏得停顿。

蚊香的烟雾绕在画着秋草的蚊帐周围，然后飘到院中，仿佛那环绕在大山原野下的雾霭，三岛，吉原——筑山看起来也很像富士山。当白色的团扇很久才被想起扇动一次时，装载着我青青的梦的白帆便在无风的大海上跑了起来。这时，萤火虫突然掠过庭院里的黑暗中的树木，飞了起来。

"啊，妈妈！快看，萤火虫！"我叫道，然后摇着母亲。

八月的萤火虫漫天飞舞，飞到临终的人的病床前……

这首诗突然在我心中掠过，我心中一颤。后悔将妈妈摇醒。

母亲大吃一惊，突然将眼睛睁开，立刻又闭了起来。泪水不断地从我的脸颊流下。

无论是如千鸟的爪子那样的红色荞麦茎干，还是吹过玉米叶子的风儿，都已预示了清爽的秋天的到来。那天，我被母亲打发去了离我家有一里左右的港口小镇的伯母家。尽管母亲说"要说的都写在这封信上了"，然而我却知道母亲为何要我去。肯定是为身在东京的哥哥向家里要钱的事。

母亲顾虑着父亲，所以找伯母商量。自从哥哥瞒着父亲去了东京，父亲便整日忙于工作，以去神户送酒为借口，整日忙于如山堆积的工作，长时间都不在家中。母亲也不得不将她的心思从我的身上，转移到日渐与父亲疏远的哥哥身上。不停地劝解脾气暴躁的父亲和放纵的哥哥，母亲真是操碎了心。每当想起这些，我便想：我一定要永远永远都陪在母亲身边。然而，我已经十九岁了。

"要在你二十岁之前把你嫁出去。"母亲趁着一次机会对我暗示。我听了这话，不知是为母亲的爱女之心而心疼，还是在怜悯自己，总是不停地哭泣。就想这样一直保持着一颗平静的心情生活，每当母亲说出那句话时，我便说着"不要不要"，抱起衣袖，摇晃着肩膀的这种撒娇的心情能维持到几时？我感到很迷茫。

当我后来去港口的学校上学时，尽管是每天早晚都会经过的路，不知为何，与那个时候相比，如今就算只是看着那一花一草，也觉得十分有趣。

"我们来弹三弦琴吧！"这样说着模拟着弹奏三弦琴的动作的小艳，经常送给我千代纸的柳屋的美津，有咬指甲的坏毛病的高子、小米、小京，尽管已有三四年未见了，但依然不断听到她们的消息。这并非是他人的事，而是自己的事情。

为了能在田地里看到港口，我加快了脚步。

母亲让人担心的身体在季节交替期艰难地挺过去了。秋意已浓，山茶花在屋后盛开了。尽管是小阳春天气，天空却十分阴暗。母亲满怀欣喜地起床，梳好发髻，朝屋后走去。土墙仓房前，奶妈正背对我们坐着纺纱。

母亲打开后屋的栅栏门，朝着小山的方向爬去。

我跟在母亲身后，心情也变得轻松起来。赤脚穿上系着红绳的草鞋，踩在柔软的枯草上，让母亲看起来像个小姑娘。我学着母亲的样子，也坐在了草地上。熟透了的小草的果实被太阳照射着，然后噼里啪啦地炸飞了。

母亲用手指梳理着长得很高的小草，从衣袖里掏出樱花纸①，然后用其梳起了发髻。

---

① 樱花纸：一般是用废纸再循环利用做成，又薄又软，原材料多为马尼拉麻，多用于卫生纸。

"我要梳个本田髻，美香你也梳个胜田髻什么的吧！"我也用小草梳了个高高的胜田髻。然后，又梳了岛田髻、丸髻等其他很多发髻。

"就像是元禄时代去赏花呢。"母亲的话惹得我们笑了起来。

奶妈来看我们，脸上的表情就像母亲在看着自己的孩子那样，是如此开心。

后来，母亲的枕边就像祭祀一样点了很多百目蜡烛，尽管如此，母亲还是说"很暗很暗"，又增加了灯的数量。既然医生都说要尽量随着病人的心愿了，因此纸拉门和屏风都是一直拉开的。

远房亲戚和近房亲戚接到电报都大吃一惊，纷纷赶来。被这些人给团团围住，母亲就像孩子一样胡搅蛮缠起来。平素是那样温顺的母亲，将辛苦和悲伤都悄悄地藏在心中。因此这个时候，她就像一个调皮的孩子一样出了一道难题，让旁边的人为难。

这对母亲的亲戚而言，一种怜悯油然而生。尤其在这个时候，身为一家之主的父亲还因为忙于经商而未在家中。这在所有人心中都有一种无言的责难。

母亲最终离我们而去了。

那夜，我像平常一样在母亲尸体旁铺上一张床休息。然而，却并未觉得有多么悲伤。

母亲生前是一个极其善良的人，去的时候就像累了，然后睡着了那样安静。

在她那逐渐变冷的脸上，仍留着温和的微笑。

# 物　语

一

太郎："白鹤在嘎嘎地叫呢。那是在哭吗？叔叔？"

"不是在哭，是在高兴地唱歌呢。你看，那个雄的白鹤叫一声嘎，那个雌的白鹅便嘎嘎地叫起来。看，是吧，嘎，嘎嘎，嘎，嘎嘎。"

"真奇怪呀。那么，它们是在合奏了？"

"你听，对面的那两只白鹤又开始唱歌了。"

二

"你是老虎的兄弟吗？"太郎问。

"啊，是的。我们以前是亲兄弟呢。加藤清正在征伐朝鲜时，我的先祖为他带路，清正公为了感谢我的先祖，便把家徽花纹印在了先祖的身体上。我们便世代作为宝物传承了下来。"豹子回答说。

"原来这样呀。怪不得我觉得你身上的花纹和清正的家徽一样呢。"

### 三

听说，以前鸬鹚的妈妈在生鸬鹚的时候，附近起了火灾。鸬鹚妈妈便将正在吃的鱼儿整个儿吞了进去后逃走了。不知道是真是假。要是你觉得这是撒谎的话，便去问问老师吧。

要是老师也不知道，便去问问鸬鹚吧。

### 四

黑猫："你呀，又有才能，又温顺，被主人宠爱着，真幸福啊。"

花猫："哎呀，因为人家是女孩子啦。"

黑猫："为什么我就要自己找吃的呢。真吃不消呀。"

花猫："你应该可以做得到呀。在夜里，因为你的毛发是黑色的，如果你在自己鼻尖上放上几粒饭粒，然后张开嘴巴的话，老鼠见到黑漆漆的地方有白色的东西，便会很高兴地跑过来吃了，这样你不就可以吃到老鼠了嘛。这种事情，我们可是做不来的哟。"

## 五

太郎："叔叔，狐狸不骗人吗？"

公园里的叔叔："我还没有被它们骗过。"

太郎："叔叔，这两只狐狸是一公一母吗？"

公园里的叔叔："是的呀。"

太郎："那么，狐狸出嫁的时候，下雨了吗？"

公园里的叔叔："这两只狐狸在来动物园之前便已经结婚了哦。"

## 六

……吃完食之后便不再回来，

咕咕咕地叫着玩耍……

……孩子们想和鸽子玩耍，

可是鸽子却踩在小孩子们的高齿木屐上

飞到了屋顶。

把孩子们的脚丫都踩痛了，

鸽子在屋顶看着孩子们。

## 七

一只小猴子说："我爸爸可了不起了！和兔子吵架都吵赢了呢。"

另外一只小猴子说："我的爸爸更厉害呢！他去征伐鬼岛去了。"

"你撒谎，那不是很久以前的事情了吗？"

"我没有说谎。证据就是，我爸爸的屁股上有一个很大的刀痕。"小猴子骄傲地说。

## 八

公鸡被天神分配打鸣的任务，很是高兴。

在第一个晚上，月亮还在空中悠闲地玩耍时，公鸡便啼明了。所以太阳便慌慌张张地从东边的大山上出来了。月亮虽然不舍得，但也没有办法，只得和黑夜告别。

可是，月亮却很气愤，当太阳下山时，便让公鸡的眼睛看不见了。所以，公鸡的眼睛一到晚上便看不见。

## 九

北极熊真是奇怪呀，

每次去看它们，

都是不喜欢不喜欢，

不停地摇头。

给它们面包，不喜欢不喜欢，

给它们肉，也是不喜欢不喜欢，

边摇头边吃。

## 十

太郎："骆驼呀骆驼，为什么你总是这么懒呢？每天都在玩耍，不是吗？"

骆驼："小朋友呀，我可是个好的反面例子，你要引以为戒哟。因为以前我的祖先实在是太懒了，所以被神明打了一顿，你看，现在我们全身都是大包了。"

## 十一

有一位猎人进山打猎，然后听到不知哪里传来的鹦鹉的啼声。可以听到鹦鹉的啼声，但却见不到鹦鹉的影子，猎人怎么找都找不到，于是便问："你在哪里呢？"

"你在哪里呢？"鹦鹉答道。猎人觉得这只天真可爱的鹦鹉很是可怜，便没有将它杀死，而是把鹦鹉带出了大山，将鹦鹉很宠爱地养了起来。

然后，在猎人附近住着的一个不是叫作太郎，而是叫作次郎的小男孩，将鹦鹉偷走，藏在了自己的口袋里了。

猎人发现鹦鹉不见了，于是便问："你跑到哪里去了？"鹦鹉在小男孩的口袋中答："你跑到哪里去了！"

## 十二

小鹿站在小河里，看着水中的倒影自言自语："我的角是多么漂亮呀！可是，我的腿太细了！要是再粗点就好了。"然后，一位猎人来了。

小鹿大吃一惊，拼命逃命。多亏了这细细的腿，跑呀跑呀，终于逃了很远。可是，那美丽的鹿角却被树丛的树枝挂住了，小鹿还是被猎人给抓住了。

## 十三

太郎看到狮子，想到了一个《伊索寓言》上面的故事。故事说，一头狮子逮到了一只老鼠，然后老鼠说道："这位叔叔，你抓我这么小的猎物，可不能算您的丰功伟绩。"狮子听了说："哈哈哈哈，你说得对呀。"于是便放了老鼠。

然后有一天，狮子被猎人抓住绑了起来，然后遇到了上次被它放生的老鼠。"叔叔，你等一下。"老鼠咬断了绑着的绳子，救了狮子。

太郎问动物园里的叔叔："叔叔，狮子见到老鼠不会吃它们吗？"

叔叔是这样回答的："哪里，会立刻将老鼠吃掉哦。"

## 十四

太郎："鸵鸟总是站着，那它们夜里睡觉时也是站着吗？"

动物园里的叔叔："夜里是蹲下来睡觉的。"

太郎："大象也是站着睡觉吗？"

动物园里的叔叔："不是，大象也是躺着睡觉哦。"

## 十五

太郎："叔叔，河马真脏呀。"

动物园里的叔叔："为什么呢？"

太郎："因为它们皮肤上面的毛孔里总是流出红色的汁液。"

动物园里的叔叔："但是，有种鸟儿喜欢那些汁液哟。当那种鸟儿飞过来时，河马便一动也不动，等着小鸟将它们毛孔里的细菌啄走。那是这种鸟儿的食物呢。"

太郎："哎呀，这种小鸟真脏呀！它们叫什么名字呢？"

动物园里的叔叔："我也不知道呀。"

## 十六

动物园的叔叔："有一次，一个穿着白色夏季警服的巡警，好像用剑还是什么东西恐吓了这只老虎，结果这只老虎一看到身穿白色衣服的警察，就很愤怒。"

太郎："叔叔，老虎很记仇呢。"

动物园里的叔叔："是呀，这种事情只要发生了一次，便永远不会忘记。"

太郎："就算老虎对着游客撒尿，巡警也不训斥它吗？"

动物园里的叔叔："老虎也会训斥巡警的。"

## 十七

太郎："叔叔，狗熊将两只手掌合起来作揖呢。"

动物园里的叔叔："哈哈，真可爱呀。在动物园里面，狗熊是夜里睡得最熟的，那鼾声在不忍池<sup>①</sup>都能听见呢。"

---

① 不忍池，日本东京上野公园的天然池。

# 小小的马戏师

在品川台场遗迹的填筑地，伯斯基马戏团一行曾经举行过演出。一行以高加索的马戏师为团长，聚集了哥萨克少女、中国的杂技演员、新加坡的演员，以及其他所有国家的男男女女。他们表演着各国独有的杂技、舞蹈以及歌曲等节目。其中，最令日本的孩子们开心的，是印度大象。

一个周六，乙吉从学校回来后，听说品川的伯母打来了电话，说是伯斯基马戏团来了他们那里，让乙吉去看。乙吉得到了母亲的允许后，便一个人坐上电车出门了。电车中也贴着伯斯基马戏团的宣传画，上面还画着穿过火轮的老虎，在马上跳舞的哥萨克的少女，敲着大鼓的小象……仅仅是看到这些宣传画，乙吉已经开心得要跳起来了。

乙吉和堂兄弟姐妹还有伯母一行四人，在当天晚上去看了杂技。伯母看到乖乖地听着伯斯基的话，蹲下来向看客们谢礼的马儿，便说道：

"快看！马儿也能这么听话呢！"

堂兄弟姐妹们觉得那些哥萨克的少年少女们边吹着口哨边

像小鸟一样跳舞的样子，十分有趣。

有三四头小象走了出来，一头敲着大鼓，一头吹着笛子，另外一头摇着铃铛。乙吉和堂兄弟姐妹觉得它们最可爱有趣。随后，乙吉去了小房子后面拴着大象的地方。小象立刻发现了乙吉，扬起长长的鼻子，走到乙吉的面前。乙吉感觉到了小象的亲切，仿佛在对他说："小朋友，我们握个手吧！"乙吉从怀中掏出面包，分别给了三头小象一头一个。乙吉心想：要是自己家里也养一头这样的大象，想要去哪里时，便骑着它们，该有多好啊！这时，一个穿着红蓝相间的衣服，脸色涂着白粉的男人走了出来，微笑地看着乙吉。用乙吉听不懂的话对乙吉说着什么，然后将乙吉抱到了大象身上。跨坐在宽大柔软的象背上的乙吉，立刻得意起来，想要就这样坐在象背上去哪里转转。

这时，有一个像是中国人的男人在帐篷后面将乙吉的一切看在了眼里。乙吉从小房子里出来回家的时候，那个男人和蔼可亲地对他笑着，用流利的日语说道："小朋友，你明天还来吗？"然后，送给了乙吉一个口琴。

乙吉在那天夜里，爬到了床上，闭上了眼睛。然而，老虎过桥、骑马杂技等表演节目一直在眼前晃动着，大象吹喇叭的声音以及俄罗斯的歌曲也一直在耳边回响，使乙吉无法入眠。

次日，乙吉睁开眼睛后，便急匆匆地吃完早饭，离开了伯母家。

伯母以为乙吉回自己家去了。然而，乙吉直接去了耍杂技的小屋子。

乙吉家里也因为今天是礼拜日，便认为乙吉还在伯母家，谁也没有注意乙吉。

伯斯基马戏团一行今天表演结束后，便离开了日本，出发去了遥远的华南。

在一行中，新加入了两位成员，一个是十七岁左右的日本少女，另一个是十一岁的小男孩。自然，这个小男孩便是乙吉。

乙吉在周一的早上还没有回来，所以乙吉的家人便给品川的伯母家打电话询问。伯母回道：乙吉应该在礼拜日的一大早就回家了。两天，三天过去了，乙吉仍然没有回来。

一行经由上海，转道去广东和越南之际，乙吉的名字被改成了音丸，穿上带着铃铛的漂亮的衣服，坐在象背上。

当载着音丸的船只离开长崎的港口，抵达广阔的东海的时候，音丸说想要回家，一直在哭泣。那个看起来很亲切曾经送过音丸一支口琴的男人此时也摆着一张吓人的脸训斥哭泣着的音丸。每当此时，音丸都会来到拴着小象的栅栏前，抱着冰冰的小象的鼻子哭泣。小象眯着细长的眼睛，嗷的一声叫了起来。这是它能安慰这个可怜朋友的唯一一句亲切的话语。

一天，他们穿过一条非常热闹的街道，在街头的空地上建起了小房子，开始进行杂技表演。音丸被抱上没有装马鞍的马背上，师傅用稻草绳将音丸绑在马身上，以防止他掉下来，然后打了一下马屁股，马受了惊，跑了起来。音丸不知道自己将要怎样，甚至觉得自己要死了，只能紧紧地抓住马儿的鬃毛。

倘若失误从马身上摔了下来，师傅便会怒骂着音丸，将浑身沾满沙土的音丸重新扔到马背上。当骑马杂技结束后，音丸得到师傅的允许后，便来到幕帘背后哭了起来。然后，那个朝夕相处的日本女孩子出现了。

为什么这个女孩会出现在这里？音丸无暇顾及这件事的蹊跷，二人立刻知道他们身处相同的境遇，不由得同病相怜，握住了对方的手。

在船上不敢逃亡的两个孩子尽量将脸靠近对方。

"啊，你也是被带来的啊？"少女将手放到音丸的肩上，温柔地问道。

"嗯。"音丸默默地低垂着头，然后又抬头用哭肿了的眼睛看着少女的脸。

"你家在哪里呢？"

"麹町。"

"那就是东京了。我家在神户。你有妈妈吗？"被少女这么一问，音丸突然就伤心起来，用手擦拭眼泪。

"嗯，我有妈妈，还有爸爸。"

"啊，那你的家人肯定很担心你呢。我只有妈妈一个人。"女孩这样说着，觉得自己非常可怜，也伤心起来。

自这以后，少女便把音丸当成自己的亲弟弟疼爱着，保护着。音丸也将自己痛苦的事情、悲伤的事情告诉这个少女，什么事情都依赖着少女。音丸如今也能够骑着马从火环中穿过了，也可以轻松地从一个高高的木栏杆飞过另一个高高的木栏杆了。在去陌生的国度，得到那里的可爱孩子们如破竹般的喝彩声与鼓掌声时，音丸也曾感受到愉悦和快乐。

然而，尽管配合着热闹的音乐声在舞台上跳舞时，可以暂时排遣自己内心的恐惧，当幕帘垂下，音乐停止，看客们归去时，音丸和被抛弃的一行人在瓦斯灯下用完粗糙的晚饭，然后用毛毯裹住自己，睡在小房子的角落里时，还是感觉到了像要消失在遥远旅途的虚幻无常中的寂寞。

从帐篷的破洞外洒射进来的异国的月光，照射着睡在自己身边的少女那宛若死了般的疲乏的青白色的脸颊。

音丸感到无比的寂寞，然后叫道：

"姐姐！"以为正在熟睡的姐姐，被音丸这么一叫，便朝着音丸，突然睁开了眼睛。

"你还没睡呀？"

"我在想妈妈。"

"我这么大了也想回日本，你这么想，也是可以理解的。"

"我们什么时候才能回到日本呢？"

"这个嘛，伯斯基说，今年花开的时候，便带我们去日本。但不知道什么时候才能回去呢。如今，日本的樱花已经盛开了，大家一定在撑着遮阳伞去赏花了呢。自从去年五月从长崎出发后，已经一年了呢。不知道我的妈妈如今怎么样了呢？"

"啊，我好想快点回去啊！"

"不过，我们现在离日本这么远，无论多么想回日本，我们两个人是没有办法回去的。等到戏团去日本表演的时候，我们就可以回家了。我们等着吧！快，快点睡吧！伯斯基要是知道我们这个时候还没有睡觉，一定会训斥我们的。快，不要说话了，睡觉吧！"

少女像给孩子喂奶的母亲那样，将音丸温柔地抱住。低声唱着摇篮曲：

你是城上的
星星的孩子吗？
你是南海里的
椰子果吗？

从帐篷破洞里看到的南国的夜空，有着深深的碧绿色，无数的星星在夜空中闪闪发光。随着摇篮曲的歌声，星星便飞到了遥远的天空中，梦被风儿邀请，在永无止境的广袤原野上飘荡着。姐姐的脸变成了母亲的脸，摇篮曲与日本寺庙里的钟声交融，使音丸进入了深深的梦乡。

二人就这样过着艰辛的旅程，春天过去了，秋天来了，在第二年的冬天，马戏团一行在欧洲巡演后，又再次从华南来到了青岛。来到这里，日本人开的店铺也多了起来，也可以见到日本人了。音丸仿佛回到了日本。在青岛的表演为一周时间。姐妹俩认为之后一定会去日本，然而当听说马戏团今年不去日本内陆，他们会去浦塩，然后沿着西伯利亚铁路直接去俄罗斯时，二人非常失望，仿佛失去了力气。

今天在青岛的表演就要结束了，明天将要去浦塩。在这天夜里，二人商量好后，从小房子一角的帐篷里逃了出来。

那是十二月二十五日，地上堆满了积雪，天空是寒冷的夜晚。尽管从小房子里顺利地逃了出来，可是却没有要去的地方。二人裹着毛毯，在寒风中瑟瑟发抖，从街角穿过人迹罕至的近道，来到了大街上。

尽管已经夜深了，大街上仍旧很热闹，店铺的门关闭着，但陈列窗里，却开着明亮的电灯，里面装饰着很多商品。二人忘记了他们是在逃亡，仿佛回到了日本，边偷看陈列窗里面的东西边走着。在偷看一个玩具店的陈列窗时，那里立着一棵挂满了红色的果实的冬青，每个树梢上都吊着孩子们喜欢的玩具，像是要把树枝压断了。二人这才意识到今天晚上是圣诞夜。

"今天是圣诞夜呢。"

"啊，对呢！"

前年，音丸从枕边堆满了如小山般的圣诞礼物中睁开了眼睛，那是快乐的圣诞节。去年，没有一个圣诞礼物，无情的马夫代替了圣诞老人，将他们从冰冷的小床上叫醒，那是悲伤的圣诞节。

二人心想：或许可以在匆忙行走在街头的人群中遇到认识的人呢！因此拼命睁大了眼睛寻找着。在经过一个公馆街时，从深深的大门里传来温柔的风琴声。他们还从窗外看到有一户人家，在暖和的火炉旁放上安乐椅，爸爸和妈妈将孩子们放到自己膝上，开心地交谈着。桌上放着看起来很美味的点心，地上立着一棵圣诞树，树枝上挂着很多属于这个幸福家庭里的小孩子的玩具。

二人要在这比去年的圣诞节还要悲惨的雪地中度过圣诞之夜么？

二人来到一个街角时，看到了一个高大的石头建筑物。从镶嵌着有色玻璃的很多的窗户内，投射出明亮的灯光，然后，他们听到和着风琴声的响亮的赞美歌。二人被这里的一切吸引住，进入了门内。二人像是做了什么坏事似的悄悄地来到了房门前。从门外向里面偷看。正对着他们的地方，烛光宛若星星般在美丽装饰物的环绕下闪闪发光，正中间是一个祭坛。许多的男孩子和女孩子坐在椅子上认真地听着赞美歌。那首歌是二人曾经听过的三百十七番。

比鲜花还要娇嫩的我的孩子哟！
你留下的衣服让我如此怀恋，
你踏上了无依无靠的旅途，
如今身在何处？
你迷茫么？
如今，
是鲜花凋零的季节。

二人和着曲子，不知不觉地来到会堂里。


我的孩子呀，我的孩子呀，

快点归来吧！

你是否听到了我的祈祷？


音丸抬头看向祭坛的方向。在祭坛边，一位妇人站在那里独唱着。有谁能知道，过着无依无靠的旅行的日子，如今已回到母亲身边的独生子乙吉，就站在自己的面前，听着这首歌谣。那已是前年五月的事情了。独生子失踪后，至今仍杳无音信，由于丈夫的工作关系，现在搬到了青岛，在今年的圣诞夜，自己主动唱起了赞美歌，想起了失踪的儿子，愈唱情绪愈激动，不禁泪如泉涌。现在已经忘记自己是在为教会唱歌，只是在为自己的孩子唱歌。


你是在上帝跟前当班么？

我的孩子哟！

你的父亲和母亲都已衰老，

你踏上了无依无靠的旅途，

如今身在何处？

你迷茫么？

如今，

是雪花飘落的凌晨。

乙吉非常确定，那就是自己的母亲。

我的孩子呀，我的孩子呀，
快点归来吧！
你是否听到了我的祈祷？

母亲唱完赞美歌后，由于内心极度的悲伤，倒在了椅子上。一直在会堂的角落里听着这首歌的一个孱弱的少年，忘我地来到母亲身边，抱住了妇人的脖颈。

"妈妈，是我呀，乙吉呀！"

"啊！"妇人睁开了眼睛，看着三年未见的自己的孩子。一时间说不出话来，但喜悦的泪水顺着脸颊流了下来。

风琴声静止了下来。

# 往来于濑户①

那已是十多年前的事情了。

彼时，我去东京求学后第一次回家，坐火车从新桥经过神户时，去拜访了家在神户的伯母。伯母在这一年的春天死了丈夫，便和她的独生女儿——我的表妹，过着简单的日子。很早以前，我便听说了很多关于伯母的传闻，比如要静枝（表妹的名字）过继给我在家乡的母亲当养女，又比如伯母要带着静枝改嫁等等。

她们母女二人听说我要来，甚为高兴。在从新桥出发时，我买了三枝花簪作为礼物，并遵从伯母的命令给表妹插上。然后当天晚上，我同静枝二人从楠公神社②出发，沿着凑川河岸散步。

在我还在神户的中学读书时，雨后凑川还可从门前流过，仍旧保持着古老的模样。而如今，河床和堤岸都被填埋，在那里建起了许多诸如挂着红色提灯的卖寒冰③的露天店、演西洋

① 日本中南部城市，以陶瓷工业著名。
② 又称"凑川神社"，位于日本兵库县神户市中央区，它是为了纪念日本武将楠木正成而建。
③ 一种日式点心，主要用琼脂和砂糖做成。

杂技的大剧场，以及小电影院等建筑。我看着身穿浅蓝色的夏日和服、用莲叶将人流拨开，拉着我的手前行的静枝的背影，不知为何，突然觉得她是如此可怜。

听了静枝的提议，我们去看了电影。从电影院出来后，我们走在凑川之北的梦野町回家。回到橘子路时，我发现静枝头上的花簪不见了。我们一路上只顾着谈论"笨女婿"呀之类的没完没了的故事，并没有注意到花簪是在哪里掉落的。静枝一想到丢掉的花簪，便不停地惋惜"得不偿失啊"。

次日，我决定从神户由海路回家。彼时，父母已将乡下的仓库及房屋地产转让给了他人，去了朝鲜。我离开神户时是午后，元町街的大街上拉起了长长的影子。至今仍然记得，将我送到栈桥①的静枝说："这里太热了，我在对面的路上看着你走。"

当往来于濑户的船只经过须磨海峡时，我看到建在海边的带阳台的异人馆②里搬出来一个饭桌，上面摆着看起来挺凉爽的晚饭。穿着水色短裤的一位外国姑娘用手帕朝着船只的方向挥舞着，好像正在说些什么。年轻的船员们也走到甲板上，向她挥舞着帽子。

涌起的波浪反射着日光闪闪发亮。海面极其平静，淡路③的

① 连接码头和陆地的临时建筑物，其形状与桥梁类似，用于装卸货物或便于旅客上下船只。
② 外国人居住地。
③ 即淡路岛，地处濑户内海东部，是濑户内海中最大的岛屿。

岛影稍暗，摄津①的群山又悄悄地恢复了深蓝色。突然想起在小学课本上学过的一首楠公的诗句："海水环绕着摄山，自己也变成了绿色"。我怀着一种想要哭泣的心情倚在甲板的扶手上，就这样沉溺在与陌生的知己相互怀念的旅行心情中无法自拔。不久，闪耀着金色光芒的大海，也随着日落渐渐变成了银色。我一直这样站着，直到大海变成了沉闷的铅色。

回到船舱时，发现在我床铺旁，有一位看起来比我稍稍年长的、腰间挂着一条白色手帕的女子正在看书，之前我一直未曾注意到。我心想：她在读什么书呢？于是便盯着她翻页的手指。那本书的书名叫《白菊黄菊》。我很想知道那是怎样的一本书，于是便和她攀谈了起来。如今已经记得不甚清楚了，总之我们很快就成了朋友。我也拿出了薄田泣菫②的《已逝的春天》啊、《暮笛集》啊、《阿吉纳尔多》啊之类的书籍给她看。这些书全部都是划着红色下划线的、充满了伤感感叹词和批评语气的读物。将这些书给她看，我自己也感到有些难为情。

那晚，我们热火朝天地谈论着诸如"你喜欢哪位诗人呢？""看了两三遍《杜鹃鸟》，每次看都要哭"之类的话题。当船舱里的旅客都进入梦乡时，我们之间还有谈不完的话。我也由此知道了她曾经就读于麹町的某个宗教学校，如今被伯父带着回长州萩城的老家，还有一个和我同龄的妹妹

---

① 大阪府中北部城市。
② 薄田泣菫（1877—1945），日本明治时代著名诗人。

等情况。"如果不嫌弃的话，就盖上吧。"她说着将自己的毛毯摊开，把一半盖在了我的腿上。"啊，已经两点了啊！"睡前，她从黑缎子的腰带里掏出一个小小的银边手表，露出惊讶的表情。

次日，是一个极其安静的早晨。首先迎来黎明的濑户的附近，也已经大亮。这附近的岛屿和陆地上，有很多被深度开垦的农田，沿海的群山上，整齐有致的农田一直延伸到半山腰。红土色的海滩上，弯弯曲曲延伸着白色的道路和电线杆。在道路一旁的铁道上，时时可见冒着白烟疾驶而来的火车。当我们的船只经过某一个岛屿的附近时，也可望见从岛屿后边的茅草屋顶冒出来做早饭的淡青色的烟雾，直直地升上空中。还可清晰望见，在这小岛的斜面上的耕地中，那些农夫俯身用锄头锄地的身影浮在晴朗的空中。当船只抵达宇品港<sup>①</sup>时，太阳已经挂得高高的了。从云洲境内的山峰上可看到，无论是码头、帆柱、搬运行李的脚夫，还是被装入木制箱子中的铅矿，均沐浴在清晨的日光下，呈现出一派幸福的模样。

昨天半夜蒙眬中睁开眼睛，发现船只好像在某个港口停了下来。我从圆圆的窗口向外窥探，看到驳船<sup>②</sup>上的人将写有自家船号的高挂提灯挂起，然后帮助从金色的梯子上下来的客人登上驳船。

今日，曾在甲板上一起交谈的人们也会在自己不知道的时

---

① 位于广岛市南面的港口。
② 从大船上转载客人或货物的小船。

候便分别了吧。船上的旅客说"让我在这里下船"，甲板上的人便会将绳索抛到小船中。然后，小船便摇摇晃晃地驶离，那高挂着的提灯也渐行渐远。自然，船上的人也不清楚这个港口叫什么名字。当"呜呜"的汽笛声在黑暗中响起时，船只便摇晃起来。不知为何，离愁瞬间便充斥了我整个胸膛。船舱里的人们仍旧沉沉地睡着，没有一个人醒过来。我又看了看和我攀谈到深夜的那位女子，她的嘴巴微微张开，正香甜地睡着。

与那夜的寂寞相比，今晨的天空是如此晴朗，下船、上船的人若无其事地相互说着"再见"。汽笛的声音也很平和地从大海那边传来。我和那个女子并排倚在栏杆上，环视着港口。

"快要到你要去的港口了吧？"

"嗯，你的目的地还很远吧。明天才能到是吧？"

"要坐到明天中午呢。不知道为什么，我特别想就这样待在船上，去很远很远的地方。就这样待着，不在任何港口上岸，每天每夜都在航海。"

"嗯，我现在也是这么想的。"

"可是，可以让我们就这样不在任何港口上岸并不再回来的地方，是不存在的。"

"那船上堆着的是什么东西？"

"好像是头发。"

"啊，是黑色的毛发。这么多，用来干什么呢？"

"是啊。不过，是从哪里弄来这么多的头发啊？这么多的头发，真有点让人毛骨悚然呢。"

"难道是剪掉的还活着的女人的头发？"

"真是的，这么大的船上装满了黑色的成束的头发。我看到这不可思议的一幕，真分不清现在是在现实中还是在梦中了。"

不久，出帆的汽笛声被吹响，我们的船只离开了这座不可思议的港口。然后，我们经过了美丽的广岛港，渡过了大山的影子静静地、深深地倒映在大海中的岩岛的海峡。外国人兴致勃勃地操纵着有着红色船帆的帆船，没过多久便抵达了三田尻①，那位女子便从这个港口登陆了。我客气地帮助她将随身携带的东西搬到小船上，然后便与她分别了。

虽然只是短暂的熟识，可是曾经如此亲密的二人在分手时却没有互问姓名和地址，并抱着那种好像可以马上再相见的轻松的心情分别，这对于多愁善感的我而言，真是一件不可思议的事情。如今即便我想要记起那个女子，却怎样也想不起她的脸。记忆中，只有那黑色缎子的腰带和在宇品港见到的装满黑发的船只。

在神户分别的静枝，从此也再也没有见过。自那以后，伯母便带着静枝改嫁给了一位津山②的布匹商，但又很快离婚了。静枝和一个男人结了婚，伯母也搬去和他们住在了一起。传闻说，如今伯母身在朝鲜。

---

① 位于日本本州三口县防府市。
② 位于日本冈山县北部的一座城市。

# 摘自旅行的素描帖

## 四条街

那还是初春二月的事情。多云的天空仿佛被烟雾笼罩着，天气依然寒冷，偶尔透过云层的缝隙照射下来的阳光也是如此微弱。

我在四条街的火车站等人。无意中瞄了一眼坐在我前面的那位年轻的女人。仅仅看了一眼，我便立刻感受到了她那种惴惴不安的心情。她从衣袖中掏出一封信放进包裹里，接着又将包裹放进了旅行袋中。然后，她紧紧系住旅行袋的绳子，这才放心似的合拢了一下衣领。忽然，她又站了起来，来到火车站入口的方向环视着大街，像是在寻找着什么，又好像是在等人。女人从腰间掏出手表，与火车站的挂钟核对后，又看向大街。

大街对面低低的山冈之上，云层开始裂开，微弱的阳光无助地照射下来。女人又回到座位上，从刚才的包裹里掏出信件揣进了怀中。我看到在包裹里，放着孩子们喜欢的玩具。这时，车站的工作人员来通知火车即将驶来。女人连忙走到外面，这时，刚好有位抱着一个三岁左右孩子的老年妇人跑了过来。女人立刻热泪盈眶，伸开手臂迎接着孩子。但孩子却因为认生哭了起来。

"啊，对了，对了，有好玩的给你呢！"

女人从袋子中掏出了玩具给孩子看，可是小孩依旧哭个不停，这时，女人也哭了起来。老年妇人也眼眶发红，但又怕被别人看到，于是，将她们带到了候车厅的一个角落。女人默默地将信交到老年妇人的手中。在跟那个孩子依依告别一会儿后，女人便在车站工作人员的催促下，匆忙上了火车。老年妇人拿着装着玩具的包裹，朝大街的方向走去。


## 经由山崎


那是发生在我们去看《忠臣藏》①里的定九郎出现过的那片草丛后，归来的路上的事。我从一个叫作山崎的寂寞小镇出发，沿着堤岸，朝着渡口的方向走去。由于是初夏，路边的小草非常柔软。

下了堤岸，来到了渡口，船已经要开了。船上只有三个人：一位看起来像是年轻母亲的女人；一个五岁左右的小女孩，她大概是那个女人的女儿；还有一个就是我。不久，渡船离开岸边，朝江中开去。小女孩很快便和我熟络了起来，用小

① 原名《假名手本忠臣藏》，原为净琉璃剧本，后改编为歌舞伎。

孩子的语言和我聊了很多。小女孩的母亲说道："你唱一唱那个《花见小路》吧！"

小女孩便从母亲手中拿过扇子，一本正经地唱了起来：

> 花见小路上，
> 鲜花已经盛开，
> 我们去看吧！
> 就在那东山里。

我非常开心，想要捏捏这个可爱的歌手的小脸蛋。那位用脚踩着节拍的年轻母亲，仿佛也被自己女儿的歌声吸引住了。不久，渡船靠了岸，上了岸的母女俩在对我这个陌生的旅人郑重地告别后，便朝桥本町走去。

在夜幕开始降临的夕阳中，我坐在堤岸上，将自己折下的想要送给刚才那位小女孩的月见草举在胸前，独自盯着黄昏中白花花的流水。

## 慈　善

晚春的一天，我因旅途中的劳累，来到了松岸车站的候车厅，坐在长条凳上休息。那里有一个被人群围住的少年在哭泣，我站在人群后朝里面观望。只见那少年垂着头，诉说着自己的悲惨命运。一些带着孩子的女人们同情这位少年，一边哭着一边从钱袋里掏出一些硬币，让少年拿着。少年对她们一一鞠躬谢礼。不久，发车的铃声响起，人群便分别被列车运走了。没有目的地的我为了排遣无聊，便抓住那个被人群留下的少年问了起来。

据少年说，他出生在东京的深川，母亲在去年冬天离家出走了，只留下他和父亲相依为命。他十分思念自己的母亲，便从父亲那里要了五十钱银子，坐上了开往利根川①的汽船，去寻找听说在铫子②的灯塔下出现过的母亲。然而，他找了很多天，都没有找到。他没有办法，只好打算回到父亲家中。说着，少年又流下了眼泪。

对于一个只有十二岁，但却有着一双过于老成且锐利的眼睛的少年所说的话，我本来是不会轻易相信的，但彼时，我恰巧厌倦了画画和游玩，于是便向站长求情，将少年顺便送到两国③去。而且，自己也特意陪着少年去了两国。

在火车上，少年一刻也不想离开我的身边，就连我去上一会厕所，他也要战战兢兢地盯着我去的方向。异想天开的我也瞬间变成了道学先生，教育他说："没有钱并不可耻，但也不应该只是低着头接受他人的施舍。倘若在旅途中没有钱了，便去找个地方赚钱，绝对不能轻易地接受别人的施舍。"

尽管，说着这些话的我自身也没有一点点自信。

---

① 日本境内第二长的河流。
② 位于日本关东地方东部的一座城市。
③ 日本江户的一个闹市区，有"相扑之城"之称。

# 登富士山
## ——1909年8月

　　一位常年为拜山的善男信女指路的轿行老板告诉我，当少女峰①上方悬挂着如丝绵帽子般的云彩，周围的山峰看起来很鲜亮时，第二天便会下雨。于是，在1909年8月14日的午后，我们两人将胳膊肘架在御殿场的旅店的窗枢上，怀着同约会那夜相同的忐忑不安的心情，眺望着少女峰。

　　少女峰上空最终也没有挂起丝绵帽子，山巅在淡淡的法国蓝中迎来黄昏，于是我便在床头放好白手杖、蓑笠以及颜料盒。仔细一看，发现真亚那友禅绸子布做成的和服衣袖的衬布里面，放了怀镜、核桃和紫雪丹。准备就绪后，便等待着天亮。已经很久没有这种怀着兴奋激动的心情等待某件事发生的感觉了。

　　这个夏天，离别的话说了很多。真亚去了九州旅行，而我则住在这高原的村落中，企图忘记两人间遗憾的往事和那还未醒来的梦。数月后，我们两人却在御殿场的车站邂逅了。不，

---

① 即富士山。

那应该不是邂逅，而是因为总算在新的刺激中活了下来，抑或生活在未知的其他的空气中而想要见到对方。

因此，我们产生了去爬爬富士山的念头。

那日，我们在东京大街上寻找着租房，坐在妇产医院二楼脏兮兮的榻榻米上聊天，谈论着例如观看《通夜物语》时披着的那床红色被褥之类的内容，心情变得愉快起来。

不经意间睁眼一看，一位身着麻叶图案的夏日和服的女子，将装着印度茶的袋子的细绳系紧，打开颜料盒，往水桶中注水。白皙的手指纤纤一弹——结在清晨昏黄灯光上的水珠，便离开手指飞到了榻榻米上。

高原的空气从通宵未关的房门钻进来，在这黎明时分，飘荡在屋内，渗透着寒气。

一直期待的明天来到了。但即便如此，也讨厌早起，于是便问道："真亚君可以看到少女峰么？""嗯，全部都是雾哦！"她说着便站了起来，将和服前襟合拢了一下，打开了窗户。她将脸颊放到扶着门的手上望着户外，像是在看着一个恐怖的东西。然后说道："丝绵帽子什么的，完全看不到。"

我侧耳一听，穿过玉米地的清晨的寒风瑟瑟作响。高原的大街，大概还静静地沉睡在浓雾的底层吧。

"哎呀！"真亚惊叫一声，将门关上，"一个青蛙跳进来了！"她几乎将衣袖全部抱了起来，缩脚跳起。青蛙从窗户跳进来，跳到被褥上面，然后从椽侧跳了出去。

我也起了床。然后在晨曦的阳光下，怀着一种特殊的兴奋等待着早餐。我感觉自己曾在不知是某个世纪的某个地方经历过同样的事情，但认真地想了一下，在我们两个人的经历中是没有的。我想，多半是在某个故事上读到过的吧。

不久，远处传来了马车声。我拿起手杖先走了出来，等着真亚。真亚被借宿的老婆婆送出来，带着防晒的红色手套，斗笠下隐藏着如鸽子般的眼睛，身着一身巡礼般的装束。"可怜的巡礼者哟，没有陪同的人。"我这样说道。真亚有些害羞地从肩上将坐垫拿下来，这时，马车停在了我们的面前。然后，只听借宿的老太太在马车的窗外说道："悄悄地爬山哦！"此刻，我感受到了一种全新的旅愁。

我们乘坐的马车驶过屋檐较低的御厨町①向浓雾缭绕的树林进发，穿过杂木林，便来到了盛开着红色百合花的山冈上。多半的雾已散去，太阳如同在日比谷公园②那喷水的阴影下看到的弧光灯一样泛着白光。当雾霭分散时，阳光便从雾与雾的缝隙间急切地洒向大山、树林和村落，方才还一片明亮的山腹一瞬间藏到了背阴处，渐渐变暗。我的视线追随着阳光的踪迹：阳光照射在小河的河面上，河面便泛着刺眼的白光；阳光照射在大街上，旅人的背影便曳曳飘动。蔚蓝色的天空在高空中的云彩间若隐若现。我们如今站在高原之上向后眺望，在蜿蜒起伏于杂草间的两条道路的尽头，御厨町被舒服的蓝色所笼罩。杉木林、钟楼宛若被某位画家画出的一幅画。前方，由高

---

① 位于长崎县松浦市。
② 位于东京，修建于1903年，是日本首座西式风格的公园。

山积雪融化而成的水流将山冈分开，露出褐色的大地，映照着谦虚的百合花向南方流去。

马车在起伏不断的山冈上急速行驶，渡过山冈上那峡谷之间架起的土桥，让人胆战心惊。我将头伸出窗外数着道路两侧盛开的山百合花和草莓。

当浓雾全部散去时，马车抵达了须走口①。我们在山麓的浅间神社稍微做了下祭拜，让那里的人在我的素描帖子的开头部分捺上了朱印。我们捐了一些香资，身着白衣的神社主祭便敲起大鼓，念起了简单的祈祷文为我们祈祷。我想，就算今日只做了这么一件事，也不觉得浪费了时间。

沙多难行的道路还很漫长。

"巡礼小姐"②说要吃草莓，便躺在草丛上休息起来。

道路左手边郁郁葱葱的山上，新砍倒的树木被剥掉树皮，露出白皙的肌肤，我看到后有说不出的喜欢。这之前，从御殿场口爬富士山时，既有向导带路，也有很多同路人，然而，今日却未见到一个爬山的人。

"已经几点了？"平常不问时间的我问道。太阳升得很高了，但是没有戴表的我们却无法知道确切的时间。住在群居的都市，过着放纵的生活时，才可能说忘记时间之类的话。然而在这大山中，忘记时间却让人感到一丝丝害怕。与其说想要知

---

① 富士山四条主要登山线路之一，其余三条线路分别为：吉田口、御殿场口和富士宫口。
② 指前文所提到的真亚。

道时间，不如说担心太阳下山吧。石子路还很漫长。强忍着疲乏终于来到了第一个休息处。那里有茶、粗制点心和草鞋。我们筋疲力尽地坐下，便再也不想起来了。

再走一点点石子路，便进入了树林中。此时道路变得险峻起来，"巡礼小姐"为了吃到草莓，屡次躺在了草丛中。实际上我也很疲乏了，然而为了给"巡礼小姐"以力量，强忍着走到了现在。

照这样走下去，在日落之前连走到七合目也是相当困难的，于是我们雇了两匹马。驮着人的马儿是茶色的，而我的脸色却是苍白的。二人就这样骑着马在高原的树林间前行，这让我想到了某本书中的插图。我从绿叶之间的缝隙中，看到一种不知名的类似百合花的小花儿在开放。"啊，好多草莓呀！"坐在马上的那个人说道，听语气好像很想吃的样子。我们寻找可以吃午饭的地方。

之后又骑马爬上坡路。当我写到这里时，楼下传来女人的说话声。我如今所住的地方是在麹町①喧闹的街中心，众所周知，都市里经常会发出一种特殊的声响，因此即便玄关处的谈话声也听得不甚清楚。数分钟后，有着浓浓香味的白百合被装在泛着古铜色的柑桂酒的酒瓶中，形成了一种令人舒服的色调，送到了我的桌前。说是Ｔ子君给我带来的。偶然却是恰当的时候收到如此喜欢的礼物，真是太开心了。这种花儿，在我

---

① 东京的一个区。

住在高原时，经常出现在我的素描帖子中。这浓烈的芳香，唤醒了我已断裂的古老记忆。

继续说我们爬山的事情。

我们的马儿在树林中那种着日本铁杉和白桦树的凹陷的小道上哒哒哒地前行。倘若洒在嫩叶上的强烈日光能够照射在女人泛青的额头和马儿的圆屁股上，该是多么美丽啊！我这样想着，任由胯下本该爱惜的动物将我颠来颠去。

我们在还马处将马儿还了回去，接着，又不得不拄着白手杖继续前行了。不过，如今似今晨那样的疲劳已不再，我们一边嚼着带有一丝酸味的树木的嫩叶，一边以缓慢的步调爬山，这种感觉真好。

也不时同下山的人们擦肩而过。落后上山人群一大截的我们，想要同这些下山的人交谈，但是这些人看起来也挺疲乏，而且摆着一副不和悦的脸色。就连跟在一位男子身后的拄着登山杖而下的美丽女子，也用不和善的眼神看了我们一眼后擦肩而过。

那是一种我们经常在我们周围——亲兄弟姐妹和其他人身上见到的不和悦的脸色，以及看着还没有判断能力的小孩子恶作剧时的那种嘲笑的眼神。那种时候，我们总是两人手拉手哭泣，并且狠狠地说"等着瞧"。那是为了向那些人们反抗而做出的举动。然而，我们也总是遭受到许多失败。然后，我们那被缩小的、挤压的、最终偏颇的心灵又垂头丧气地回到了正轨。归来之后才发现，啊，我们的心灵原来是如此寂寞。

道路愈发险峻，不知名的乔木甚是茂密，挡住了我们的去路。树梢的绿意被如白梦般的雾霭笼罩，宛若画着淡妆的少女那发丝的青色，背着日光微微地颤动。阳光时不时地将云彩隔开，从云缝中偷窥，宽宽的叶子，日本铁杉的树干，到处都笼罩在微弱的光亮中，然而这却没有破坏其他柔软的绿色的和谐。高大的树木就那样倒着，让人感到心痛的切口被日光照耀着，还任由几百年来的落叶落在它们的身上。此时，感觉沉重的空气无声地在自己胸口震动，抬头一看，附近突然变暗，"啪嗒，啪嗒，啪嗒……"大雨下了起来。"啊！阵雨！"我们不由得叫了起来，站住不动了。

不知各位是否曾经有过站在深树林中听着阵雨声的经历。怎么描述这种感觉呢？宛若痛恨着那个薄情男的疯了的女子边哭泣边控诉的声音；又好似还不知恋情为何物的少女夜里的喃喃细语。这都是这世上因受感情煎熬而痛苦的寂寞幽远的声音。

对这人世间所有的一切都失去了兴趣，极力猎取强烈的刺激和明亮的色彩，但在这未遇到能让自己的内心兴奋起来并可以依赖的事物的日子里，这场突然而来的阵雨抓住了我的内心，这颗匆忙的心也暂时闭上了眼睛，开始啜泣。这是我始料未及的。

当幽远的声音还未离开树梢时，白绿色的光线已然从森林的另一侧照射了过来。"啊！真好啊！"那个人开始说话了。

俄顷，美丽的树林走到了尽头。让人吃惊的如同怪物后背一般的富士山的山巅，展现在了我们的面前。浅红色的大颗粒沙子和小石块之间，杂乱地生长着类似蓟草但比蓟草稍大一些的花儿，除此之外，未生一草一木。这让我有说不出的喜欢。庞大的山腹将横浮在空中的云彩横切开来，耸立在空中，这让我茫然的心有了寄托，让我想到了"永远"这个词。

尽管视野一步步地展开，却依然看不到山顶和山麓。

放眼望去，到处是一片浅红色、茜色及鲜绿色交错在一起的旷野，这旷野斜挂在半空中。白云密密麻麻地从远远的下方掠过山岩涌到空中，这让我不禁担心起来：自己的身体不会也被吹到空中去吧？

二人循着狭窄的山路向山上爬去。


……荒野中，连一条路都没有，

不知该走向何处，

悲伤的人儿只能在此徘徊，

连仇恨都在嘲笑我……


身后突然响起了歌声，回头一看，"巡礼小姐"的双眸闪耀着美丽的光芒。她继续唱着：


……一位少女

对她心爱的情郎说道：

你是在田野还是在帐篷里？

我等不及与你相见……

高山中的空气一刻也不会停留在同一个地方。旋律时断时续，被无情的风儿吹走，然后消失。然而，此时我却比在教堂或姐姐家听得更要认真。

"天"和"地"这两个词，我们早已使用习惯，然而它们却是无法让人切身感受到的词汇。但如今，我们两人站立在这儿——这个让人不由得思考起关于"人类"这一词汇的、连一个人影也不会停留的旷野之中，真切地看着这天与地。我们那行走在悠远的天空和苍茫的大地之间的渺小的身影是如此寂寞。

彼时，我想起了一首古老的歌谣：

> 有人说在遥远的大山村里住着"幸福"，
> 啊，我去寻找那所谓的"幸福"，
> 然而却满眼泪水地返回，
> 山的那方愈发遥远，
> 仍有人说那里住着"幸福"……

我们低声合唱着。唱完后，思绪又各自回归到自己那孤独的心灵中，沉默着。

我们循着前人走过的足迹向山上爬去。不久，走出了旷野，来到了一处岩石间丛生着杂草的地方。从这里开始，路也比较好走了，而且，能看到富士山的山顶了。我是第二次登富士山，因此并未有多少惊讶。然而，尽管之前曾在屏风及挂轴上见过许多次富士山的画像，但当第一次看到真实的富士山时，还是会有些超乎意料的惊讶。预料之中的事情经常会遇到，然而预料之外的这种感觉却弥足珍贵。对于知道富士山的别称"芙蓉峰"这一词语的人而言，在此处看到的富士山虽不能说不美丽，然而对我们来说，那喷火口的龟裂，以及那颜色类似于被遗弃在钢铁厂后院的红色铁屑的岩石，却更加令人感到喜悦。

俯首看向山麓，刚才走过的森林一片蓝色，从此处开始，呈现着浅浅的法国蓝的积雪溶化而成的水流，变成了几条流动的小河。在小河周围，密密麻麻地生长着一些植物，它们有着令人舒服的外皮。小河从高原流下，流向山麓，流过田野，穿过村落，潜入铁桥下，滋润着别墅的庭院，最终流入大海。

没有理想，没有目标，没有兴趣的我的人世之旅便是如此。如今，我们看起来也未受到时间的限制，乏了便休息，高兴了便歌唱，就这样走着。

岩石之间，杂乱地盛开着不知名的花儿，黄色、红色、浅红色、紫色。

"啊——啊——这里就像神灵的别苑呢！""啊啊小姐"①惊叹道。真心感谢这拥有天赐的花坛的富士山。

身旁与我同行的那个人的呼吸向我逼近，使我无法前行。

我让她坐在神灵别苑的花丛中给她写生，不经意间看了一下她的脸，发现脸色比她身上披着的黄八丈②还要差。我大

---

① 也指真亚。
② 日本传统织品，产于伊豆群岛之一的八丈岛，故名。

吃一惊，连忙问她的身体情况，结果她按住胸口皱起了眉头。我急忙从水桶中倒出一些水，让她服下紫雪丹。待她服下后，我鼓励她说："坚持下去！马上就到山顶了。""哎。"她对我笑道。虽然我说"马上就要到了"，可是究竟怎么样才算是"马上就要到了"，我自己也不清楚。而我自己在说"坚持下去"时，也突然感到了一丝不安。平日里便身体羸弱的这个人，万一死在这里该怎么办？年轻可爱的少女们哟，你们是不会理解的。对艺术家而言，他们有时候甚至会想要结束掉他们所爱的恋人的生命。艺术家首先不是将这一行为考虑为犯罪，而是对新的刺激感兴趣，以此来兴奋自己的心灵。

啊，"善良"哟、"良心"哟，你们永远都是"美好"的狐朋狗友，不是么？

然而，我内心却是十分矛盾的。我想要尽量对她亲切些。抓住她的手，又向山顶爬去。

在下一个岩石拐角，我们坐下来休息，看到从远远的山下，有一行四人爬了上来，渐渐向我们走近。走在最前面的是一位男子，紧跟在后面的似乎是一个女人，她穿着好像尼姑衣服那样的黑色短小的和服裙子。第三个人是一位男子，最后一个人像是位导游。

令人感到奇怪的是，一看到同样登山的人，我们心中便升起了一股竞争的意识，于是将冰糖含在口中，又继续前行。就这样，心中有了凡俗之念，便不再去在意什么神灵别苑之类的事情了。然而，我们最终还是被他们撵上了。颇善交际的导游对我们说道："我们一起走吧！"这句话给了我们力量，于是，我们便和这些人一起前行。

"啊啊小姐"曾经多次筋疲力尽地坐在地上吃紫雪丹，每当这时，那个导游都会返回来给我们鼓劲。我们强忍着疲乏终于爬到了七合五夕目①，但当我们坐在石室里休息时，却再也没有往上爬的勇气了。

然后，我们又被同行的人拉着、拽着，终于爬到了八合目的位置。

啊，在此之前我们受的痛苦，如今想来，不知为何，却觉得是一件多么愚蠢的事情啊！我们终究还是依靠着肉眼看不到的俗尘之中的人们的力量，行走在这人世间的旅途中。

在爬到接近八合目的地方时，我们看到一位男子站在石室的石墙旁。我们以为他只是短暂地看我们一会，结果那个男的打着手语告诉我们："我这就去接你们，请等一下。"然后，他便急急地下了陡坡。他是石室的老板。这位男子拉起病人的手，安慰地说道："好了，没关系了。"

此时，我没有闲暇去眺望已迎来夜幕的高山的景色。我打开包裹，拿出被褥，让病人躺在上面。石室的老板拿来水和药丸。病人并未吃药丸，只是一个劲儿地贪睡。在烟雾和蒸汽弥漫的阴暗的石室里，我们像虫子一样睡着，从小小的敞开着的石窗向外望去，只看到灰色的天空。

---

① "合目"是日语中用来描述山的高度的词。半山腰被称为"五合目"，山顶即"十合目"。

不久，吃晚饭的时间到了。我买来罐头和葡萄酒，同石室的老板和导游一起吃了起来。接着，我扶起病人，让她喝了些葡萄酒。自己也在半生不熟的米饭中放了一个鸡蛋吃了下去。

吃过饭后不久，不知从何处来了一位身穿白衣和黑色和服裙裤的男子。他坐在饭桌前，开始不停地说教。大宇宙、小宇宙以及神灵等等。这些俗尘之人围坐在这位如先导修行者般的男子周围，侧耳倾听着他那煞有介事的说教，唯恐听漏一句话。他的说教颇为冗长，使病人无法入眠。无论她翻向左边还是翻向右边，都无法使依托在筋疲力尽的身体上的心灵得以安静和休息。说教结束后，这位男子又讲起了故事。

病人又开始翻来滚去，痛苦起来。她按住胸口，很是难受，而且很快便开始呕吐。她的呼吸瞬间变得急促，黑色发丝下那双无力的眼睛，弱弱地盯着我的脸。看着她那双像是在祈求着什么、诉说着什么的清澈眼眸，我的心立刻被融化掉了。

我握住她伸过来的手，她的脉搏跳得很快，额头滚烫，像是要燃烧起来。我知道，只要下山的话，这病便能治好。然而，在这深夜，我们是无法下山的。于是，我只有怀着一颗不安的心，一心等待着黎明的到来。

突然，我被什么东西惊了一下，然后睁开了眼睛。哦，原来我睡着了。昨晚，听着病人那几乎要喘不过气来的呼吸，真想立刻消失，我忐忑不安地听着，但却无能为力。倘若不是自己的身体，虽然能够想象到那种痛苦，然而却无法切身体会到那种痛苦的感觉。人啊，都是独自痛苦着、快乐着、哭泣着的。在这寂静的高山的洞穴中，病人该是多么无助啊！这样想着，便愈发无法忍受就这样醒着聆听那痛苦的呼吸声了。无计可施的我，发誓一定要睡着，一定不要再听到那几乎要断了的呼吸……大概，我便是这样想着想着就进入了梦乡的吧。

抬头一看，在关闭着的大门的缝隙之间，看到了红色的天空。啊！黎明来临了！

病人怎么样了？我朝她望去，她的脸背着我，似乎睡得很香甜。她那背对着灯光的左枕上的脸颊是多么苍白啊！那无力地伸出来的脖颈是多么纤细啊！还有那筋疲力尽仿佛散架般的身体躺在床上的姿态哟，是多么惹人怜惜啊！我突然想到了科西莫所绘的《普鲁克里丝之死》，不由得心中一凛。

我将手放到她的脖颈上——谢天谢地，是暖和的！

我悄悄掀开被褥，走到门前，高山上冷却了的空气吹进我的衣服中，像是要渗入我的体内似的。我系上胸前的纽扣，举目望去，六合目以下的地方已完全被云彩锁住，箱根①的连峰和甲斐②的群山也被这些云彩包裹着，云彩渐渐贴近遥远的地平线，直至消失。白云消失后的天空突然浮现出浅红色，太阳即将爬上山头。在红色最深的地方，横浮着布朗色的细长的云彩。在与这些云彩相距遥远的上方，稍带着紫色的布朗色的长长的云彩，锁着一面天空。在这些云彩的下方，呈现出一片像是被太阳烧着了的牡丹色。

---

① 在日本有"温泉之乡"的美誉，位于神奈川县西南部。
② 位于关东平原西部的山梨县，其区域的百分之八十都被森林覆盖。

石室里的人也纷纷叫着"啊，佛光，佛光！"，然后起了床。

我打算让病人也看看这日出，于是回到了床前。

然而听到她那依然急促的呼吸声，我便舍不得让她起床了。"已经天亮了吗？"病人听到我的脚步声，用低沉的声音问道。

"嗯。日出很漂亮哦！"我说。然而，她却丝毫没有要看的意思。

"感觉怎么样了？还很痛苦么？"

"已经没关系了。我还以为自己要死了呢。"

"只要下山，病就会立刻好起来的。"

我也睡在了被褥上，从门口看着外面。不久，一同住宿的人便穿着奇怪的装束站在门口，为参拜神圣的佛光翘首以盼。一同爬山的女学生、小学老师，还有睡在帐篷中的外国人，都起身看着。

"山麓的云彩好像丝绵啊！"一个人说道。

"像大海一样。"另一个人说道。

女学生用望远镜不停地眺望着四周，然后对同行的老人解说着什么。

小学老师抓住石室的老板，问道："老板，你这里有温度计吗？"男子从里屋拿出温度计给那位老师看。

小学老师看了看温度计，舔了舔铅笔，然后在笔记本上记着什么。

女学生将吸附在怀表上的磁铁拿出来，辨别着方向。

早饭煮了米粥，但是"啊啊小姐"却什么也没吃。

和我们同住一个石室的登山者中，有一位年轻的医生，他今天早晨为病人诊察了一番。"好像心脏不太好。"他说，然后给开了药。

　　医生也要下山了，他对我们说道："一起下山比较好吧。"于是我们放弃了登山，打算同他一起下山。

　　穿上草鞋，走出石室，太阳已经升得很高了。

　　我们从这里开始下山，我一边回头望着似乎已触手可及的山顶，一边拉着病人的手走下山去。

　　对于健康的人而言是愉快的"飞沙走石"路，而对病人而言，却是一条艰辛之路。病人走到一半便走不动了，而医生和导游等人，拐过岩石拐角就已经看不见了。

　　我们两人跟跟跄跄地走在满眼皆是褐色的沙路中。前路依然漫长。

　　病人说斗笠的红绳勒着脖子很是难受，于是我把她的斗笠取下来背着，左手几乎是抱着她，走两步休息一下，走三步休息一下，最后总算来到了岩石拐角处。

　　来到这里一看，医生他们正在岩石的阴凉处等着我们。那位医生让我请导游帮忙背着病人，于是我便拜托导游背着她，而我则帮导游提着他肩上背着的大多半行李。尽管行李很重，提得颇为辛苦，但却总比听着病人那急促的呼吸声要好受些。

　　忍住辛苦，终于来到了一合目的石室。

　　从这里开始便又要穿过美丽的树林了。病人的脸色也好了很多。

医生一边帮我将背上背着的沉重的行李卸下，一边问道："这根棒是什么棒？"

"它叫'背架'或'瘦马'。"导游答道。

"原来如此，因为要代替马儿背行李，所以才叫作'瘦马'吗？哈哈哈。"医生笑着说。

"我喜欢'瘦马'这个说法。我今天也简直就是瘦马呢！"我说道，也笑了。病人也无声地笑了起来。

接着，我们从还马处借了一辆马车回到了须走口。沙子是如此温柔，马儿静静地跑着。后来我知道，那位医生在横须贺①的一家医院就职。我们同这些朋友告别，然后坐上了去御殿场的马车。车中有一位登山时碰到的外国人，由于有过一面之缘，所以他冲我们笑了起来，然后收拾自己的行李，给病人腾出位子。

外国人指着从马车的窗口可以望见的草莓问道："那是草莓吧？""是的，是的。"我答道。心情愉悦的外国人跳下马车，摘了许多草莓。

"当地人叫它们蛇莓呢。"我说。"蛇是西方人喜爱的动物之一。"外国人笑着将摘来的草莓放到了正在休息的"啊啊小姐"手中。病人也抬起脸笑了起来。

我们乘坐的马车愈发轻快地奔走在高原之上。

---

① 位于神奈川县。

# 无法忘却的人们

## 一

那已是十多年前的事儿了。

我曾经乘坐轮船，经由濑户内海，前往朝鲜探望双亲。当船只经过淡路海峡时，天已经全黑了下来。我从甲板上下来，回到船舱，发现在我床铺旁，有一位年轻的女孩，之前我一直未曾注意到。我吓了一跳。那个女孩儿低垂着眼，一直读着书。原来是喜欢读书的女孩子，我莫名的一阵喜悦。是什么书呢？我不禁想要看一看。然而那个女孩儿仿佛完全不知道她的旁边也有一个爱读书的中学生，一直目不斜视。

但是，过了一会儿，我便和那个女孩儿聊了起来。那本书叫做《黄菊白菊》，是一本散文集。我也拿出泣堇的《已逝的春天》给她看。被她看到了书中夹着的勿忘草，还有下划线的地方，我感到有些难为情。

船渐渐前行，我们也聊得更加无拘无束。那个女孩儿渐渐地回答得多起来，我渐渐地越讲越少。

也由此知道了她就读于东京的某个宗教学校，如今被伯父带着回长州萩城的老家度假，还有一个和我同龄的妹妹，喜欢文学等情况。

"挺冷的吧。"她说着，将自己的毛毯摊开，一半盖在了我的腿上。那时，我感动得几乎落泪。

当船只抵达安艺吴时，天已经亮了。我们二人登上甲板，眺望着港口静静的晨曦。

"若这艘船从此不停靠在任何港湾，就这样每天每天载着我们俩前行下去该有多好。""恩！是啊！"那个女孩儿也颇为感慨地回道。

然而，在下一个港口，我就不得不和这个女孩儿说"再见"了。我想了又想，帮女孩儿将行李挪到了舢板上。我们就这样，连互相的名字都没有问，便分别了。现在，我虽然已记不清那个女孩儿的模样，彼时的心情却在心中是如此得鲜明。

## 二

> 将纠结在一起的纺线
> 剪去扔掉，
> 唧唧复唧唧，
> 机杼在歌唱。

那位少女每日唱着这首歌织布。

此时已是盛夏，窗外，开着不知名的花儿的暗色树木甚是茂盛，将织布女的侧脸映照成青白色。

　　红色的线、青色的线在机杼的飞梭间穿来穿去，仿佛那哀伤的歌声也被织了进去。

　　"这是给谁缝的和服呀？"我问道。

　　"这个嘛，"少女稍微思考了一下，然后仿佛放弃似的说道，"我也不知道呢。"

　　会穿在谁的身上呢？竟然连她自己也不清楚。这位织衣服的少女的心，对于当时还是小孩子的我而言，是如此不可思议。

　　少女又低垂着头唱起了歌儿：

　　　　那大海中的黑暗，
　　　　是落雨，
　　　　唧唧复唧唧，
　　　　机杼在歌唱。

　　如今，尽管对这位少女的记忆已经模糊了，可每思及那哀伤深切的歌声，我就会想起那时的事儿来。

　　至今依然记得，那是沿着濑户内海的一个叫作牛窗的港口。

# 三

　　　　蜥蜴的手指是烂的，

我的手指是金手指。

哎呀，哎呀，

草之助的手指要烂掉喽！


其他玩伴和着节拍唱道。

我不知道要是用手指指着蜥蜴，自己的手指便会烂掉。于是，我在路上见到一只蜥蜴，用手指指着它，"啊，蜥蜴！蜥蜴！"地叫了起来。那么我的这根手指会烂掉吗？

啊，惨了，惨了！我直直地盯着自己的这根手指。如果自己的这根手指烂掉了，就不能用它画画了，也不能用它夹饭团了。

是不是快要烂掉了？我这样想着。活动了几下自己的手指，发现还能动，还没有腐烂。可是，也许它马上就要烂了呢。如果烂掉了，那可怎么办啊？

"草之助！草之助！"听到有人在喊我。

瓦顶板心泥墙对面的桑田里，一位戴着妻折伞和红色护手套的人朝我摆手。我跑了过去。

那个人没有说话，将熟透了的如血般殷红的桑葚果放在了我的手里。我也没有讲话，吃着这些果实，将烂手指的事情抛到了九霄云外。

——手指最终还是没有烂掉。

# 四

　　我的村子在山脚下。太阳一落山，周围便会突然暗下来。小酒馆白色的墙壁上，夕阳的余光宛若已死去的萤火虫般，发出淡蓝色的光芒。深秋时节，荞麦花在红色的茎干上瑟瑟发抖。翻越山岭，终于到达村庄的旅人们，看见山岬处点亮的长明灯，便安下心来，开始怀念起了故乡。而那边数着寺庙里敲响的钟声，边回到自己母亲家中的一群孩子，还有那隐约传来的小曲，更足以让旅人的泪水喷涌而出。

　　　　七八岁时便去了金山，

　　　　不知可挖到了金子，

　　　　亦不知是生是死。

　　　　两年过去了，

　　　　音信全无，

　　　　在第三年的三月里的一个夜晚，

　　　　我收到了来信

　　　　上面写道：你也来吧！

　　我点亮常夜灯后，有气无力地走在坡路上。这时，我碰到一群旅客。常夜灯的光亮，照着旅人憔悴的脸颊。彼时，旅人的心中，没有功名的都市，没有繁闹的街道，有的只是想要依偎着的故乡的母亲。

# 五

她是我在学校里的一个朋友。我一直叫她"小美，小美"。她的衣袖里，总是装有很多红的、青的、紫的毛线。那衣袖里，还有用丝线绕成的手鞠①，用友禅绸子布条做成的小布袋。当时，她还会从衣袖里拿出红色墨水写成的一百分的抄写作业给我看。我们总是在小美的家门口玩耍。小美家大门的顶棚上有一个鸽子窝，我们看到鸽子们有着可爱的小眼睛。因为它们和我们很熟悉了，所以即便赶它们，它们也不会逃跑。对了，小美的眼睛和鸽子也有几分相似呢。由于学校离家很远，所以小美一般要比我晚一个小时才能回到家。我便在小美家门口等着她。小美拿出了为之自豪的抄写作业，我也拿出了我画的图画给她看。小美非常开心地看着我的画，这对我来说是莫大的安慰。

# 六

在给土地神上了新年的头炷香后，我抱着《加藤清正英雄传》和《岩见重太郎一代记》的连环画回家，途中看到一匹红色的马和一匹白色的马在山冈下的青草上奔跑，马蹄的声音很是响亮。向来喜爱马儿的我，也跟在奔跑着的马儿后面跑了起

---

① 一种线球。

来。一位骑着白马身穿天蓝色短裙的外国妇人，望着我笑。外国男人从马上下来，将我抱到了马背上。但这之后的事情，我现在已经忘却了。

七

"哎呀，真可怜呀。这是谁家的小公子呀？外面多冷啊！快！快！快进来吧！别客气！"她一边说着，一边轻轻地打开了栅栏门。我看见一只雪白的手腕和绣着淡红色三茶花的衣袖。她像保护弟弟一般，用绣着山茶花的衣袖为我拂去了落在肩上的雪花。

"来，我把你断了的木屐带缝上吧。"

她亲自将我断了带子的木屐脱下。我是如此心安理得，差点忘记了她是一个完全陌生的人。然而，我终究还是想起了母亲平日里的嘱咐："不要接受陌生人的东西。"于是，我说道："妈妈会骂我的。"

"我正是为了你不被妈妈骂，才给你缝木屐带呀！来，我把袜子也帮你洗了吧！对了，对了，我昨天从街上买来了初春狂言的人像画，你看着那个玩儿，等一会儿就行了。听姐姐的话哦。"

我依次打开彩色浮世绘版画，看到了《春雨伞》的拂晓雨啦、《野崎村》的小染等东西。可令人感到不可思议的是，我的眼睛仍不由自主地注意着她的一举一动。那个人像我的母亲一样，走到廊下取出针线盒，用友禅绸子布的小布片为我缝制木屐带。她那极其白皙纤细的手指飞快地动着，那装饰在剪刀上的小铃铛便响了起来……

她也是我无法忘记的人。

## 八

小鸟呀，你不要哭泣，

你要是哭了，

捕鸟人就会来抓你了。

听着清凉的摇篮曲，我在迷迷糊糊间进入了梦乡。在多云的春日里，我透过彩绘玻璃窗眺望着瓦斯灯，意识渐渐模糊，小鸟的歌儿也不知不觉地离我越来越远，直至消失。被当作枕头的坐垫上的印度花布的花纹，化身成《一千零一夜》中的妖怪，宛若暮春之时的蒲公英的白色茸毛，一个接着一个地飞向空中。于是，我便进入了安稳的梦乡。

然而，我的小鸟却逃走了。是不是被捕鸟人抓去了？是不是被蛇给吃了？真可怜呀！只有那系着红绳的鸟笼子，可怜兮兮地被留了下来。

蓝色的小鸟曾经等不及它的小主人自己醒来，沐浴着清晨的日光，扑闪着自己那美丽的翅膀，唱着陌生国度的歌谣，将小主人从那深夜里的梦境中叫醒。而如今，它肯定是在捕鸟人腰间的袋子里悲鸣着，挣扎着它那疼痛的双脚吧！真可怕啊！真可怕啊！多可恶的捕鸟人啊！

可是，我并不是那只可怜的小鸟儿。倘若我被捕鸟人抓去了，母亲该有多担心啊！

即便被捕去不是我，那个捕鸟人也是那么可恶可怕！

自那以后，我只要一看到绑着藏青色棉布绑腿、戴着藏青色长手套的捕鸟人的身影，便会瑟瑟发抖，以至于哭起来。


## 九


打开日本地图便会发现，在濑户内海有一座叫作小豆岛的美丽岛屿。这座小岛是供奉弘法大师①的灵地之一，也是领取护身符的八十八所名刹之一。也许是这里的习俗，当青青的麦叶随着南风飘扬，山樱开始零星稀落地盛开时，小镇上绑着红色绑脚布的姑娘们，还有乡下带着白色布手巾的年轻人们，便背着背箱，开始参拜岛上所有的佛教寺院。

那是我七岁时发生的事情。当时，我也被母亲带着，加入到了巡礼者的行列中。依然记得，在茂密的森林中，鸽子藏在绿叶下啼鸣。不知现在是否还有那种地方，然而，那高高的石阶上的面目凶恶的朱漆天狗却让我至今难忘。

依然记得，在黄昏时分我们来到了山麓的一座漆着白墙的

---

① 弘法大师空海（744—831），真言宗的开山鼻祖。

旅馆。旅馆门前挂着红色的提灯，红灯下站着一位有着漂亮的黑色眼眸的中年妇女，她微笑着迎接我们。那个人是旅馆的老板娘。依然记得，那夜我洗完澡后，光着身子用自己的双手双脚撑地扮演马儿，惹得大家一阵大笑。

至今依然无法忘记那站在门前的阿姨的笑脸。

## 十

那是我被邀请去一个叫作牛窗的港口小镇上观赏夏祭时的事了。虽无月亮，但那却是一个十分明朗的夜晚。日式房间里传来的灯光和悬挂在房檐上的提灯的灯光，一直照射到后院的木门上，甚是明亮。打开后门，前面便有一个菜园，园子里的豌豆开着白花。有一条小径从此处开始微微倾斜，一直伸向山冈的方向。不知不觉间，我已来到了山冈上。祭祀的笛音渡过大海传到了我的耳中，更显夏日的清凉。笛子吹奏的乐曲好像是《园奏》。听着这笛声，不知何由，心中突然悲伤起来。我在泪眼婆娑中，仿佛看到了对面岛屿上的灯光，幻化成各种形象倒映在海面上。那像生气了的红色的灯光，就像我的父亲；像月见草那样的朦胧的灯光，就像我的母亲；还有，那蓝色的发出微弱的光亮的灯光，就像我那已死去了的嫁到神户去的年轻的姑姑。

这时，从后面的树林里传来啜泣声。我大吃一惊，回头看向传来声音的方向。那里有一个人倚在苹果树上，将白色的围裙掩在脸上，一直低头哭泣着。我感到很尴尬。在小孩子看来，那是一种好像看到了不该看到的东西时的不安，和仿佛遇到了意料不到的大事件时的悲哀心情。我尽量不让那个人注意到我，悄悄地穿过苹果园，头也不回地朝亲戚家走去。

那天晚上遇到的事情，我没有对任何人讲起，因为是小孩儿，所以也很快便忘记了。那年秋天，我听伯母说，我在树林里遇到的那位少女，是因为要嫁到自己不愿意嫁去的地方而哭泣的。

# 十一

吉井川的河流依然如故啊。

在朝着河岸的集体宿舍中，住着税务署长一家。在木材批发商的中庭里，一只有着宛若青玉般羽毛的鹦鹉在啼叫。

"小草君也要成为军人么？"从佐世保回来度假的署长家的少爷问道。

"我还没有做好决定。"我答道。

"你想去东京进美术学校学习，对吧？这样就能和我一起回东京了。"署长的千金窥视着我的脸色说道。

"可是，小草君骑马很厉害，要是成为陆军大将多好。我也将会成为海军大将。"署长的少爷说道。

署长的千金别过脸去。

"我讨厌军人。美术家多好啊！而且，还可以去巴黎。"

署长的千金用向往的眼神盯着河流的方向。河中的河洲闪耀着白色的光芒。我看到了在前段时间的夏祭上出现的车利尼马戏团①留下的痕迹，和被涂成白色的椅子的碎木头倒在沙土上。我想成为艺术家。然而，我的父亲是不会允许的。成为一名艺术家，在陌生的国度漫步，是一件多么令人开心的事情啊！我不要成为一名军人，即便成为一名驯马师也好。

想要从一个陌生的城镇走到另一个陌生的城镇。我的脑海中思考着这些事情，眼睛盯着被遗弃在岸边的椅子。

"这里的学习结束后，欢迎你来东京。"署长的千金对我说道。不知为何，心中一动，我想：我一定要去东京。

署长千金在暑假结束后，便将我画的鹦鹉画像放进小箱子中，回到了东京的女子学校。直至从地方学校毕业，我都一直谨慎地保管着她在离去时送给我的那支红色钢笔。然而，不知在何时，不知为何，它已经不在了。

---

① 意大利马戏团，由意大利人车利尼组建。

# 书信到来的途中

　　尽管父母都健在，不知为何，在鞠子很小的时候，她便被送到了离东京很远的一个海边别墅里，她在那里一直住到开始懂事为止。

　　十四岁那年春天，鞠子因为要进女子学校，所以暂时寄居在东京的家中。那家的夫妇看起来像是鞠子的父母，然而，却无人提起此事，因此鞠子也不便问起。

　　那个家庭中，有一个十五岁的男孩、一个十二岁的女孩和一个九岁的小男孩。那个十二岁的女孩叫作京子。鞠子曾经和京子两人一起照过镜子，比较二人的长相。因为她认为，倘若她们俩是姐妹的话，那一定有某些部位长得相像。于是，她很是认真地观察了一番，觉得她们俩既相像，又一点儿也不相像。

　　"哎呀，妈妈你真讨厌。这么用力揪人家的头发。"早上去上学前，京子让妈妈给她扎辫子，然后这样撒娇道。这令鞠子很是羡慕。鞠子那种有些自卑，什么事情都要自己打理的习惯，不知不觉间被那种什么人、什么事都无所谓的习惯代替了。京子的圆脸和母亲相似，而鞠子却比较像父亲，有着一张寂寞的鹅蛋脸。她不太爱说话，并且体弱多病，不太讨家人的喜欢。虽然这样，却也并没有人讨厌鞠子。

尤其是父亲与哥哥东一，非常疼爱鞠子。

"哥哥只疼爱鞠子一个人哦。我的鼻子是圆的，所以哥哥不喜欢我。行，你给我记住了！"京子故意在鞠子面前这么说。

"哎呀，哥哥这么说的啊？哥哥真是讨厌呢。"

鞠子只能这么说来安慰京子。

> 京子，京子，
> 你这么慌慌张张去哪里呀？
> 我无法直着走路，
> 因为我的鼻子
> 是向左边歪着的。

东一和着节拍唱着，逗弄京子。京子便哭着跑到母亲的房中，叫了起来："妈妈，哥哥和鞠子欺负我。他们说我的鼻子是歪的。"

对于母亲而言，别人说自己的女儿长得难看也罢了，但自己的孩子也这么说，自然不会开心。而且，还要和生得漂亮的鞠子作比较，母亲的悲伤便化作了愤怒。这是经常会有的事情。

"生得丑俊是无法改变的。还是个小孩子，就这么装模作样的，真是的！"

鞠子最终还是问了自己不想打听和害怕打听的事情。当她听到母亲背地里这么骂自己时，便觉得已经看透了自己的命运。

无论母亲对自己多么无情，多么憎恨自己，但对鞠子来说，相信那个人就是她的母亲，依旧是幸福的。然而，当她得知自己的亲生母亲既没有离开这个世界，亦未同自己告别，就这样从天地间消失了时，她的内心又是多么的无助和悲伤。

鞠子生病退学，再次回到北方的海岸别墅时，是她刚满十六岁那年的二月。守着别墅的那对老年夫妇的衰弱无力的眼中盈满了泪水，欣喜地抱着鞠子。对鞠子来说，他们是亲手将自己从小悉心抚养成人的人，但现在被他们这么抱着，却有些不自然。看到离家三年、连拥抱都如此顾忌的长大成人了的鞠子，两位老人又流下泪来。

"听说小姐你身体不好，你婆婆和我日夜挂念你啊。直到见到你，这才放下心来哟。"

"啊，谢谢你们。爷爷，没什么大问题的。我只是不适合待在东京，还是待在你们二老身边最开心。"

"啊，你终于回来了。是呀，是呀，这里可是你生长的故乡呀。故乡是最好的良药。"

鞠子让汽车先开走了，自己和爷爷婆婆一起，走在离停车场有四五町①路程的田野间的小路上。

_____

① 町，日本的一种长度单位，1公里=9.167町。

"老头子，你先行一步，给小姐放好洗澡水吧。"婆婆提醒道。

"啊，对，对，瞧我这记性。小姐，那我先走一步了。"爷爷诙谐地说道，然后走掉了。

"还是乡下好啊。住在这里的时候，觉得东京是我的故乡，然而去了东京之后，才明白还是这里让我怀念啊！"

鞠子眺望着周围早已见惯了的风景说。

"是啊，是啊。小姐，都说东京是个难以居住的地方，你有没有遇到什么痛苦的事情？"婆婆这样说着，看着鞠子的脸，仿佛想要读懂她脸上的表情。鞠子察觉到了婆婆的意思，但她现在不想提及，便说：

"没有那种事，婆婆。那里的人都是亲切的。只不过不能像在这里一样无拘无束而已。"

听鞠子这么一说，婆婆又用围裙擦拭着眼泪："是呀！是呀！像小姐你这样的性格，会更加辛苦吧。"

"啊，已经到了大门前了，婆婆。啊，梅花都开了呢。去年也是开这么早么？"

"是呀，是呀。你爷爷说，今年早开了一周呢。"

"它们是知道我要回来了，才这么拼命地开花的呢。"

"怪不得呢。"婆婆说着也笑了起来。

鞠子并不是需要卧床的那种病人，因此，在与两位老人家相处时，便努力和他们一起开心笑闹。然而，当她回到自己的房间时，心情便会突然低落，感到莫名的寂寞。

东一每天都会给她寄信。鞠子顾虑母亲和京子，便每隔三次，故意在回信的收件人中也写上京子的名字。

鞠子感觉自己想要说给东一的话可以写上一百页，然而提笔时，即便是写上一行也要思量又思量，说话也没有重点。

东一的信上，也只是随意写些学校里的事、运动会的事、大街上的事、小狗的事，并未写其他内容。说到自己的事情，便是"昨天晚上准备考试的事情，一直学习到深夜三点，今天在学校里昏昏沉沉的，做错了三道代数题"。诸如此类。即便如此，鞠子也十分开心，东一写的信越长，她便越开心。

鞠子开始每天早晨都期待东一的来信。她穿着桃红色的睡衣，倚在露台的手扶栏杆上，目不转睛地眺望着邮递员到来的方向。这样一站，便是一个小时、两个小时。

别墅建在山冈上，因此从栏杆望去，可以看到蜿蜒在农田中的白色道路渐渐远去，直至消失在农田的那头。

那位每天早上都将东一的书信带给鞠子的邮递员，也是一个十五六岁的少年，恰巧与东一年纪相同。他有着看起来不像是农村孩子的纤细修长的手脚和俊美的脸庞。

少年将别墅里的小姐站在露台上一直等待着的书信捏在手中，微笑着从远处走了过来。

"谢谢你啦！"鞠子说着将信接到手中。

"嗯。"少年答道。

看到穿着漂亮的睡衣站在露台上的鞠子，是这个少年最大的喜悦，同时也是这个少年内心的秘密。

鞠子的生活，昨天、今天、明天，并无任何变化，极其单调。等待着东京的来信是她唯一的希望，给来信写回信是她生活的全部。

当站在清晨的露台上，远远地眺望着书信到来的道路时，那位为鞠子带来她翘首以盼的书信的少年邮递员，在她心中留下痕迹，也是可以理解的事情。等待书信，便是等待那位少年邮递员。在鞠子的心中，已经将书信和邮递员混同在了一起，她在等待着少年那朝气蓬勃的身影。

倘若将这种心情自然而然地表露在她说的话中和她做的动作中，那么邮递员也应该会感受到的。

幸吉——那位少年邮递员，早晨去邮局上班，边分拣今日要送出的信件包裹，边期待着写有"野崎鞠子样①"的收信人的书信。倘若那一天没有寄给鞠子的信，幸吉便会非常失望，无法提起精神做事，失魂落魄地在路上走着，甚至会送错信或掉进路边的沟里。因为，如果没有寄给鞠子的书信或包裹，那一天他便见不到鞠子了，而他甚至会觉得自己好像做了什么对不起鞠子的事，心中不禁悲伤起来。

"为什么？为什么不给那么期待的人写信呢？如果是我，一定每天给她写三五封信。"

幸吉这样想着，寂寞地回到了家中。吃完只有母子二人相依为命的简单粗糙的晚饭后，他便钻到冰冷的被窝中，不停地

_____

① 样，日文敬称，放在人名后表示敬意。

思考着。

"能给那位美丽的小姐写信的男子该是怎样的呢？那个叫作东一的男子是怎样的人呢？能让小姐如此等待着书信的他，该是多么的幸福啊！"

幸吉由于羡慕和嫉妒，在床上痛苦地翻来覆去，不停地思考着。然而，一想到自己并不是东一，自己只不过是一个贫穷的邮递员时，他便为自己感到悲伤。但无论怎么说，那都是和幸吉毫不相干的世界。幸吉试图放弃思考，拉上被褥，强迫自己闭上并不发困的眼睛，压抑住自己悲伤的心情。

"那位叫作东一的男子，一定是有钱人家的少爷。一定是在上大学的自由的学生。只有生在有钱的人家，才能穿着高档的衣服去学校，才能和这么美丽的小姐交往。我如果生在了那样的家庭，也能和东一一样去上学，成为一个上等人。如果这样，便可以做自己想做的任何事了。为什么我很早便失去了父亲，在这个贫穷的家庭里和母亲二人相依为命，刚刚从小学毕业便成为邮递员？既不能去学校，也不能过绅士般的生活，我就这样一直老去么？这究竟是为什么？只是因为我没有生在那样富裕的家庭里么？为什么我没有生在那样的家庭里呢？是因为父母生在贫穷的家庭里么？上帝在父母亲不知情的情况下，将我选在了这样的家庭中么？父母是没有责任的，只是我不幸运而已。这是一种不幸么？我也不清楚。不管怎样，我是如此的寂寞，如此的悲伤。"

幸吉不停地思考着，思考着。不知何时，母亲已经起床，好像在吧嗒、吧嗒地扇着土制的炭炉。

"幸吉，早饭做好了哟！"

幸吉必须得在七点前赶到邮局上班。

幸吉养了一只从山上捕来的青色小鸟，非常疼爱它。他期待着有一天，它会像俄罗斯童话故事中说的那样，带他去大山里，然后对他说："你这么疼爱我，作为对你的感谢，我要赐给你幸福。我送给你一根我的羽毛，你将它插到自己的帽子上，念三遍《圣母颂》，你想要的一切便会出现在你的面前。"

然而，幸吉的小鸟却一次也未对他说过这样的话。因此，幸运好像不会降临到幸吉身上。

一日，幸吉在给鞠子送信归来的途中，鞠子拜托他帮忙寄一封信出去。这是之前常会发生的事情，收信人地址也像平时那样写着"东京麴町区三番町十五山田东一样收"。信封背后写有"你的玛利寄"的字样。

幸吉迄今为止已经送过很多次这种女子寄给男子，抑或男子寄给女子的信件，他并无特别的感觉，只是例行公事地送信。究竟是为何，今天受鞠子所托的信件却令他的内心如此痛苦。美丽的小姐在这封信中写了什么温柔的话语？他们之间是什么关系？被想要打开这封信看看的欲望和好奇心所驱使，幸吉紧紧地攥着这封信，一路不停地思考着。

偷看别人信件这种事情，无论是出于什么目的，都是极其不好的。更何况是利用自己的职务之便，偷窥他人的感情呢！

即便偷偷地不让任何人知道自己看了信件的内容，然后再送出去，这种行为也无异于偷窃。

"不行，不行！"幸吉责备着自己，将那封信装入书包中，奔跑起来。

然而，幸吉却无法压抑住自己的好奇心和嫉妒的诱惑，他带着那封信回家了。然而，他却仍然没有打开看的勇气。他偷偷地将信夹到了一个旧日记本中。次日，他依旧去邮局上班了。当天并没有鞠子的信件，然而幸吉却觉得自己在鞠子面前是个罪人，觉得自己已经无颜再见鞠子了。幸吉从未有过如此抑郁沉重的心情。倘若立刻将这封信送到邮局，也便没事了，然而幸吉甚至恐惧去看那个笔记本，他已经无法亲手将那封信再次拿出来了。

那是学校开始放寒假的时候，有东京的客人来到了这个海滨别墅。幸吉远远望见他们从停车场乘上了两辆人力车，行驶在通往别墅那条长长的白色道路上。

"一定是那个叫东一的人！"幸吉这样想着。他仿佛看到了不得了的事情，已经无法用平静的心态看着那条道路的方向了。倘若那个人见到了鞠子，自己偷偷扣下信件的事情便一定会暴露了。

幸吉仿佛行走在不幸的深渊中，步履蹒跚地从通往别墅的那条道路上朝自己家中走去。他怀念着自己曾经那每天都拥有的去见自己思念着的人的希望，怀念着在某一天里，听见那个人对自己说过一句温柔的话的喜悦心情，走在这条道路上。他想，现在自己在鞠子面前已经是个罪人了，他肯定再也见不到自己日夜思念的鞠子了。幸吉一边怜悯着自己，一边走着。

无论怎么说，他也只不过是一个邮递员而已。而且，他犯过的过错已经无法洗清了，他觉得他已经无法再活在这个世上了。

从停在鞠子别墅大门前的车里出来的果然是东一，另外一个人是女佣小梅。

鞠子的喜悦足以使她忘记自己每天清晨在露台等信时的焦急心情和她那不幸的命运。

当天黄昏，东一和鞠子在别墅庭前的海滩上散步。东一首先发现了被冲到沙土上的一具少年的尸体。不知为何，鞠子立刻感觉到那个人便是少年邮递员幸吉。她大吃一惊，紧紧抓住了东一的手。

幸吉很快被附近的人们抱走进行抢救，但却再也没有生还。

听说，少年的怀中还紧紧地抱着鞠子写给东一的蓝色的信。

有谁能够惩罚这个少年邮递员呢?

# 旷野之子

所有女性的墓志铭都这样写道：

> 她出生。
> 她哭泣。
> 她恋爱。
> 她逝去。

下面我要讲的故事的主人公也正是如此。

## 一

这世上的每一个人，都只能通过一次人生的客西马尼园<sup>①</sup>。

小梢再次踏上故乡的土地时，已是离家十年之后了。时光

---

① 位于耶路撒冷东部，园内种植了许多橄榄树，是盛产橄榄油之地。相传，耶稣曾在这里冥想和祷告。

流逝，自己的岁月也在流逝，离开母亲的家，奔跑在星光明亮之夜的旷野中。

二

铃兰花的芳香，令小梢想起了十年前的那个夜晚。依旧是从前模样的马车，载着她驶向自己成长的大山中。她透过马车的窗口，眺望着远处的旷野。

三

故乡的一山一水，依旧保持着当年模样，迎接着她的归来。十年前，小梢梦想着青春的功名，扬起因自信和希望而烨烨生辉的脸颊，朝着东京的方向走过了此处的旷野。然而，当她嗅着铃兰花的芳香感受到的类似于束缚的心情是什么呢？那是一直在等着她的唯一的亲人。她不想承认那是自己对母亲的惦念。而宛若溪涧的河水般静静地在心底流淌着的悲哀又是什么？那是一种类似于她对自己初恋的少年怀恋的感伤么？还有那在内心的角落存在的、类似于宛若黑影般蹲坐的愤怒而自责的感觉，一定是对寺田牧师的感情。对她而言，那是半生的痛苦回忆。

然而，如今小梢的内心已经非常平静，不再憎恨任何人了。

小梢在小镇的街头下了马车。稀疏排列的商家的灯光，将宽大的街道染上了条纹。黄色、黑色，那一段段条纹，暗示着不祥的预兆。

## 四

小梢站到了母亲的家门口。

"妈妈，您唯一的女儿回来了！身心俱疲，伤痕累累，回到了您的膝边。妈妈，请不要责备您的女儿，她已经被这个莫大的尘世所抛弃，疲惫不堪地回来了！"

小梢的心中这样默念着，朝着母亲的方向伸出了双手。

母亲躺在病床上，她那衰老暗淡的眼中，静静地流下了眼泪。小梢默默抬手为母亲拭去泪水，并小声安抚着母亲。紧紧相握的手中，宽容、亲情、悔恨、怜爱……所有的感情都融合在了一起。

母亲对小梢说，她知道发生了什么事，却只能装作一副什么也不知道的样子。她像世上大多数母亲那样，并未从心底放弃乖张的女儿，寺田牧师至今仍然会亲切地来探望自己……

这古老悲伤的街道上，依然存在着让她想起往昔的东西，这令小梢感到非常悲伤。不知药房的玉次郎如今怎么样了？十年流浪间，差不多已经被忘却了的对他的那份感情，宛若新的眼泪般重新袭上小梢的心头。

那是小梢十二岁、玉次郎十三岁那年的初夏。小梢想起了那时的事情。

五

小梢的父亲与玉次郎的父亲是棋友，因此小梢经常被父亲带着去玉次郎的家中玩耍。小梢、玉次郎还有玉次郎的弟弟们，听着围棋子发出的"啪啪"的声响，在偏室与土墙仓房之间的柿子树下铺上竹席，玩过家家的游戏。

玉次郎扮演丈夫，小梢扮演妻子，朝子、时子还有留吉三个人扮演小孩。小孩们要去学校上学，将他们送到学校后，小梢叫着"哎呀，哎呀"，仿佛很累似的躺在了竹席上。"啪啪"的围棋子的声响传来。

"老公，你也稍微休息一下吧！"小梢夫人说。

"嗯。"玉次郎点点头。

隔壁牙医的儿子金太郎冷不防走了来，吓唬两个人说："哎呀呀，我要跟同学们说你们的事情喔！"然后便笑着跑掉了。

不知为何，那时的小梢突然感到很难过。她走到庭院角落的天井围石边，窥探着天井里的东西。天井周围环绕着白色的小花，在微暗的天井里，小梢看到了宛若十五之夜的月亮般透明的井水。仔细一看，水中倒映着自己的小脸。悲伤再次涌上心头，泪水掉了下来，在井水中形成一个个旋涡，倒映着的小脸便不见了。小梢愈发悲伤起来。

# 六

那时，小梢已经十四岁了。玉次郎的母亲在玉次郎五岁那年，生下他的弟弟留吉后便死去了，鲜有女人气的玉次郎的家里变得异常冷清。"小梢当我的闺女吧！"玉次郎的父亲经常充满疼爱地对小梢说道。

那天是晾晒衣服防虫蛀的日子，小梢和玉次郎两人走进了第二个仓房。写有"空空丸"①啦、"山道年"②啦、"奇应丸"③啦之类的药丸名称的金字雕刻的商板发出异样的光芒，投射在墙壁上。黑色棚架上方，各种各样的药味扑鼻而来。不仅如此，那里还有玉次郎母亲年轻时穿过的腰带啦、长外袍啦、碎花和服啦、友禅绸子布做成的窄袖便服啦等东西，它们宛若彩色浮世绘版画般悬挂着。小梢出神地望着这个不可思议的世界。

"你穿穿这个吧！"玉次郎说着，拿出一件刺绣的友禅绸子布做成的窄袖便服。小梢解下自己的腰带，在单衣上套上了这件衣服。当她将手伸到袖子里时，手无意中碰到了玉次郎的头。

"啊，对不起。"

"没事！"两人的脸变得通红。自这件事之后，两个人的

---

① 号称"万能药"，据说吃了该药之后会使人肚子里的脏东西全部清空，故名。
② 一种治疗蛔虫的药物，主要从茼蒿花中提取而成。
③ 一种清热解毒、消食止咳的药物。

心渐渐靠近，好像连接到了一起；然而，他们之间的交往却渐渐疏远了。

七

母亲去了。

只有女儿这一个亲人的孤独的母亲，在未见到漂泊在外的女儿回来前，是舍不得合上双眼的。母亲等待着女儿归来，等待着……终于，她见到了女儿。然后，她便宛若紧绷的绳子骤然断裂了般，突然地去了。

小梢现在才开始环顾四周，意识到在这个世界上，自己已是孤身一人了。小梢的父母在他们还很年轻的时候，怀着对浪漫的空想和对自由的向往，从南方长途跋涉地来到了这北国的旷野。然后，在这片旷野附近买了一点土地，建起了一个属于他们二人的有着红色窗户的小窝。接着，小梢母亲生下了小梢。当小梢长到九岁时，父亲去世了。当时还是个小孩子的小梢，对父亲的死没有任何感觉，只是蠕动了一下喉咙，对玉次郎说："我爸爸死了。"见到母亲哭，她也哭了起来，然而那只是非常清浅的悲伤。如今，母亲也去了。小梢仿佛忘记了哭泣，只是感觉到难以言表的寂寞，她毫无感觉地看着母亲那小巧玲珑的、有着好看的下巴的死颜。

# 八

神父啊，

请在航路上保佑我，

坐上拯救之船，

渡过大海。

故乡，故乡，

啊，

我日夜思念的故乡，

愈来愈近……


简单的告别仪式结束后，只留下小梢一人坐在教会的椅子上默默地祷告着。方才的挽歌依然回响在她耳边："故乡，故乡……"此时，一双手放在了小梢坐着的那张椅子的扶手上。一个人用做作的感伤的声音开始说话了。小梢知道那个人是寺田牧师。

"你的母亲被上帝召去天国了。这是上帝的意志，请不要悲伤。"

"我并没有为母亲的死感到悲伤。"小梢心中这样想着，但却不愿说出来。

"母亲生前多亏你的照顾了。再次表示感谢。"小梢用一种自己听起来都觉得很漠然的语气向牧师致谢。

"先不要这么快谢我。小梢，我再问你一次，你今后打算怎么办？"牧师终究还是将这个话题提了出来。很明显，"打算怎么办"，这并不是在寻求小梢的意见，而是悄悄地让小梢听从自己的意志。

<br>

九

"我知道，对如今还沉浸在悲痛之中的你来说，询问你今后的打算，这会让你感到困扰。"牧师假惺惺地说道，"然而你母亲曾经有遗言留给我，我想，今天是将它说出来的最好机会。"

"母亲留了什么话给你？我想听听。"

"你想知道么？那么，我的——不，你母亲的意志你会听吧？"

"听不听是另外一回事。我只是想听听母亲说了些什么。我认为，那是对母亲的义务。"

"倘若你认为听你母亲留下的遗言是一种义务的话，那你也应该感觉到执行你母亲的遗言也是一种义务吧？"

"如果我做得到的话。如果不能做到，即便是母亲，她也不会勉强我做我不愿意做的事情。"

"在我看来，这是你最希望的——不，虽然我这种说法可能超越了本分，但是我相信这对你而言是最幸福的人生道路。为你开辟这条道路，也是我的义务。"

## 十

"对我来说最幸福的道路？"

小梢不相信会有这么一条道路摆在自己面前。幸福究竟为何物？小梢甚至不相信幸福存在于尘世间的人们的生活中。

"我如今已不渴望什么幸福了。这次回来，还没有怎么和母亲说过话。我只不过是想听听母亲的心声而已，你只不过是想用母亲的遗言让我痛苦而已。我不再强求你说了。"

小梢断然地这么一说，牧师慌了神。

"不，不，我并没有这么想。小梢，无论你怎么拒绝幸福，如果是对你好，我没有理由不规劝你。那么，我就直说了。你结婚怎么样？"牧师用稍微命令的语气说道。小梢大吃一惊，立刻问道：

"和谁？"

"你非常熟悉的玉次郎君。"牧师的回答对小梢而言又是一个惊讶。小梢不由得盯着寺田牧师的脸。

## 十一

小梢不知道那是怎么回事。她在恐怖的暴风中，感受到了狂暴的体力和强热的呼吸，她被野蛮的男性威力压倒，失去了意志，而她肉体会因此发生怎样的变化，她并不清楚。小梢是如此年轻和纯洁，因此，并不明白这种事情会对女性的未来带来怎样的影响。

在这件事情之前，寺田牧师对小梢表现出来的不同寻常的好感，不仅小梢自己感受到了，就连其他的信徒也感受到了。他们悄悄地嫉妒小梢，传言在这个小镇中的人们中间传播开来。

小梢并不知道这些传言。心灵过于纯洁的人，是感受不到他人的恶意和不道德的诱惑的。而小梢恰好是这种人，她从一开始便没有感觉到牧师的诡计。

而且，小梢那宛若自由的小鸟般的快活的性情，使她天真无邪地盘旋在众多男性之中，自己却感觉不到任何危险。

一年的圣诞节前夜，教会的唱诗班在结束了第二天的演奏排练后，小梢被牧师叫住，独自留在了那个房间中。在那里，牧师利用自己的境遇和地位，对一个少女强硬地施加了自己冲动的爱欲。


# 十二


小梢后悔失去了处女之身，并因此感到万分痛苦时，也是她对玉次郎的友爱不知不觉中演变为爱情的时候。

"愈远愈思念。"正如这句谚语所说，小梢和玉次郎之间的关系也是如此。小梢感觉得到，随着二人见面机会的减少，爱情的萌芽也在渐渐成长。两人即便在路上碰到了，也不敢看对方的脸，就这样低着头走过。他们相互感受到对对方的爱意，但却就这样仿佛是奔跑着一样擦肩而过。随着见不到玉次郎的日子的增加，小梢的心愈发被玉次郎牵引着。

自从玉次郎的母亲去了之后，小梢的母亲依然没有忘记两家之间的交情，亲手为玉次郎缝制衣服。小梢也帮忙缝制那件用飞白花样衣料做成的夹袄。随着和服逐渐成形，小梢愈发觉得活生生的玉次郎就在自己身边，思恋便充满了整个内心。她在心中画着玉次郎的样子时，突然想起了"那件事"，便觉得连想起玉次郎都是对不起他。而且，这世上已没有任何一个人可以让自己的心托付了。想到这里，她不由得悲伤起来。

## 十三

两个人什么也没有说，隔得稍远一些，坐在草地上。草原的下方便是苹果园，苹果树那繁茂的枝叶与街上的一排排凹凸不平的房子相连。入江口，可看到远处的群山连绵重叠。玉次郎出神地望着远方的地平线，对小梢说：

"小梢。"

"嗯？"

"听说你要去东京了，是真的么？"

"不。"小梢立刻清晰地答道，"是谁说的？"

"寺田牧师。"

"牧师一直劝我去东京的学校上学。可是……"

玉次郎等着小梢说下去。然而，小梢用手拽着自己膝前的草叶子，沉默着。

"牧师说小梢有音乐天分。我也这么认为。"

"啊？"小梢的脸红了，"我不想去什么东京。"

"为什么？"

"为什么？只是……"

"你有什么不去的理由么？"

"不……嗯……"小梢终究说不出口。


## 十四


过了一会儿，小梢突然向玉次郎问道："你赞成我去音乐学校么？"

"我觉得挺好的。"

玉次郎这么说小梢感到很高兴。"但是，我不想和你分开。"小梢想这样说，然而，又有什么东西阻止了她把这句话说出口。小梢沉默了。

之后，小梢还没来得及见玉次郎便去了东京。去东京并非小梢的意思，但为了逃避寺田牧师对她的错误的爱，另外也是为了抛弃对玉次郎的依恋所带来的痛苦，她只和母亲进行了告别，便悄悄地离开了这个小镇。

那是心灵的流浪之旅。

这之后，小梢度过了几年命运多舛的日子。现在，她再次回到了自己成长的小镇，听到自己将要和初恋情人结婚，她的内心不禁一动。然而，那已不是当年那种纯情的感觉了。她带着一种不纯洁的想要玩弄男人的好奇心，答应了寺田牧师的提议。

"我先见到玉次郎君再说吧。"

这个故事便写到此处，不再有后续。这之后小梢的命运如何，除了上帝外，没有任何人知道。

# 欲将昨日变今日

那里是东京的郊外。

那里有一处被青青的树木包围着的青青的房子。

十月里的天空是如此晴朗，万里无云。

宛若千鸟的双足般红艳的荞麦田一块块相连，武藏野悄无声息地延伸到初秋的空中。

青色房子的阳台上，有两个人在对话。

在阳台的柱子与柱子之间系着绳子，绳子上一排排地挂满了各种颜色的衣服，宛若莱因哈特①剧团的后台。

看来，今天这所青色房子里的人，开始晒衣服以防虫蚀了。

对话的两人，一位是看起来十六岁左右的有着深深的眼眸的少女，另一位是深坐在扶手椅上的男人。这是一位头发和胡须都已花白的老人，他有着希腊人那样的鼻子，气色看起来很不错，身着不俗的灰色服装，举止优雅。

---

① 莱因哈特·舍尔（1873—1943），奥地利著名导演，曾多次导演莎士比亚的戏剧作品。

看起来这家只有这两个人，还有一个好像是从这附近雇来的女人在厨房做饭，她从未看过有其他人来过家里。

少女开始说话了。

"为什么爷爷那个时候不逃跑呢？"

"小姑娘啊，爷爷是一个男人啊！"

"男人很强大啊！"

"是的，是的。男人，就是该停下来的时候就停下来，该出发的时候就必须得出发。"

这位被称作"爷爷"的老人家，不知将这样的话和他的那些英雄往事，对这位少女说过多少次了。

少女就像崇拜着自己在书上读过的英雄那样，无论问多少次也不觉得厌烦。

"你的母亲曾经将这件青色的上衣当成裙子穿呢。"

爷爷拿起一件挂在绳子上的上衣说道。

"你的母亲悄悄地爬到了五层的铁塔上。恰巧那晚是一个月夜，她脸上闪耀着如萤火虫般的光芒，这让人感到不吉利。青色的上衣看上去就像是白色的寿衣，被风吹动摇摆着。你的母亲，抛弃了自己和这个世界，说出了不像是这个世界的人说得出的、清寂的超脱了善恶的话。爷爷听到了你母亲说的话。"

"'快，快点拉吧！伯伯，没有时间了，快点拉吧！'这是温柔得有些急躁的夫人——你的母亲说出的话。我用颤抖着的手用力地拉扯着钟楼上的绳子。"

"然后我母亲怎么样了呢？"

"一根，两根，三根，我拉住了大钟上的三根绳子，然后抬头去看那层的铁塔。你母亲就像天女般轻飘飘地飞到了云层之中，令人以为那是一朵轻快地飘舞着的云彩。小姐，这是你母亲留给你作为纪念的青色上衣呢。"

"母亲死了么？"

"这个嘛……你母亲究竟是死了还是进了天国了，我至今还搞不清楚啊！"

"然后父亲怎么样了？"

"他只是默默地坐在书房里。我进去后，你父亲说道'伯伯，什么也不要说，什么也不要问，去给我收拾行李吧！'，然后便一直盯着窗外。"

"那之后，父亲便再也没有回来么？"

"是的，从那夜开始，便是漫长的分别了。即便自杀是可以原谅的，但这又是一件多么困难的事情啊！我就像一个梦游症患者一样，不停地在走廊里晃来晃去。真是可怜啊！我突然想到要到小姐你的房间里去看看你。"

"我当时怎么样呢？"

"你就像被你母亲抱着那样，像一个人偶娃娃一样香甜地睡着呢。你那宛若花蕾般紧闭着的小嘴巴，好像随时都要张开，然后喊'妈妈！'呢。我像那次那样蹑手蹑脚地走路，这辈子还只有那么一次呢。"

"哥哥怎么样了呢？"

"走了。我当时也很慌乱，可能也和主人一起去旅行了吧，这一点我不太清楚。"

"我好想见哥哥啊！"

"你应该会见到的。"

"对了，爷爷，我发现了一件奇怪的事情呢。"

"是什么？"

"我曾经在一个海滨旅馆的阳台上看到过一个人。他系着灰色底子上绣着红色和紫色纹样的领带，而那条领带和我父亲的一条领带一模一样。"

"那个人多大年纪？"

"十九、二十岁左右。"

"啊，你哥哥的确比你大三岁，今年应该十九岁。"

"啊，我好想见哥哥呀！"

青年穿着奶黄色的衣服，双腿交叉着，休闲地将手腕放在扶手上。

在青年面前，一位身穿白衣的妇人认真地听着青年讲话，那位妇人只是稍微年长一些，做青年的母亲过于年轻，看起来倒更像是他的姐姐。

青年讲话的声音低到少女几乎听不到。

少女用她的直觉听懂了青年说的话。

比起在青年身边听着他说话的那位白衣妇人，少女更清楚地看透了青年的心。

少女一直站在窗前，直至青年的讲话结束。

白衣妇人拿出铂金手表看了看时间，然后催促着青年离开了阳台。

不知为何，少女有点憎恨白衣妇人。

次日午后，少女在松树林的小径上走着。

吹着口哨从对面走来的，是那位青年。

少女走到小路旁，装作采摘那里的鲜花。

青年默默地走了过去。

倘若青年问少女什么话，少女的脸肯定会变得通红，什么都说不出来的。

即便如此，少女还是等待着青年对她说话。

然而，青年还是吹着口哨，仿佛没有看到少女在那里摘花一样，朝着旅馆的方向走去。

自那以后，少女便每天在同一条小径旁采摘鲜花。她采摘着不知送给谁的鲜花，摘了又将它们扔掉。

青年自那以后，再也没有从那个松树林的小路上走过。然后，也再也没有出现在阳台上。

在阳台上看到的青年的侧脸总是浮现在少女眼前，一直挥之不去。

"爷爷，母亲长得什么样子？眼睛和我一样么？"

"你母亲的眼睛就像黑水晶一样，头发就像海草般闪耀着紫色的光芒，像夜幕一样静静地垂着呢。鼻子和嘴巴跟你长得一模一样。当她穿着那件绣着秋天里盛开的野花纹样的长袖和服回到乡下时，正是像现在这样的季节。我拉着缰绳，陪着你母亲晃晃悠悠地行驶在山顶的小路上。村庄里的村民正在填埋道路，他们对你母亲说'你就像一幅画卷呢'。"

"爷爷，母亲有用左手手指敲打着腰带的习惯么？"

"是的，你这么一问，你母亲好像真有这个习惯呢。"

"呀，真的啊？"

少女想起了在海滨旅馆的阳台上见到的那个白衣妇人。莫非，那是我的母亲？不，不，应该不是。

尽管如此，一想起那个打着和父亲相同领带的青年，还有那位和自己母亲有着相同习惯的妇人，少女的心便凌乱了。

少女憎恨那位白衣妇人。

而且，还憎恨弃自己而去的母亲。

然后不知何由，总觉得被抛弃了的父亲是如此寂寞和可怜。

"这是你母亲留下来的绣着秋天里盛开的野花纹样的长袖和服，小姐，你穿给我看看吧！我又梦到当时如画卷般的你母亲的样子了。"

"不，我不要穿。"

"啊，你为什么不愿意穿呢？"

"因为我讨厌嫁人。"

"年轻的姑娘们都这么说呢。你母亲嫁到这里来的时候，也是十六岁，和你现在一般大。"

"请您不要再跟我说有关母亲的事情了。"

"你这是为什么不高兴呀？"

"我要一直和爷爷两个人生活！"

"这……"

"我刚才终于想起了哥哥的事情，可是我还是不要想起的好，我已经全部忘记了。"

"这可不行。"

"将以前的人穿过的衣服都统统烧掉吧！我不想再见到它们了！"

少女这样说着，从阳台直接走进了自己的房间。

留在身后的白头发老人沉默着，无比怀恋地将绣着秋天的野花的长袖和服和青色的上衣放到自己脸上摩挲着。

微风静静地吹过十月的晴空。

# 春天的眼睛
## ——来自某位少女的故事

一位少女

对她

心爱的情郎说道：

你是在田野中

还是在帐篷里？

我要等到与你相见……

为什么我会喜欢这首歌？实在无法用三言两语解释清楚。这是一首我永远都不会忘记的歌曲。每次放声唱起这首歌，不知为何，心中便觉得像被什么东西舒服地压着，然后泪水涌出来，就像森林中的泉水般静静地流动着。

那种心情，既非悲哀，亦非欢喜。

没有约定，

一日已逝；

没有约定，

钟声响起。

没有约定，

灯光亮起。


可以说，那是一种宛若这首诗中所描述的黄昏悄悄靠近时的心情。是的，就是这种黄昏时的心情。记住这首歌时的我的年纪，对于现在的我而言，或许是怀恋的。

我当时十五岁。彼时，有一位年轻的老师从南方的K市来到我们这偏远地方的小镇上，到我们学校赴任。这位新老师教我们音乐课。

"我叫影山哲子。"

在新学期的第一天，身材苗条、身穿洋装的老师，站在大讲堂的讲台上做自我介绍。

影山老师就这样以一种淡然从容的态度，站在了我们面前。当时，真难想到她会在那么短的时间里，便集全校学生的爱慕于一身。

"感觉这个老师在端架子呢。"我听到座位后面的一个同学刻薄地说道。

"但是，那种脸上带着公式般笑容的老师，还有那种腼腆的老师，一般都会偏袒自己喜欢的学生呢。"也有的同学说道。

我也觉得这位老师和之前教过我们的任何一位老师都不一样，但也没有刻意去比较。只是认为既然是新学期，发了新教科书，那么来了位新老师也是很自然的。当时我就是抱着这种无所谓的态度迎接了这位老师。

影山老师的教学态度非常严谨。即便如此，她在对着学生时，脸上的某个部位——究竟是哪个部位，如今也已想不起来了，大概是脸颊处吧，总是盈满了静静的微笑。因此，她并没有给我们留下任何一点不舒服的感觉，但也没有一位学生被老师以一种非常亲密的感情宠爱着。我想这是每一所学校里都会存在的现象，我们同样会在一周之内给新来的老师奉上一个大家都认为非常精辟恰当的昵称。然而，影山老师却没有被大家用昵称称呼过。

曾经有一位学生将影山老师比喻为一个叫作梅布尔·诺曼德[①]的电影女演员，并这样称呼过她。的确，影山老师有着一张和诺曼德一样温柔的脸庞，或许大家认为影山老师比诺曼德还高贵，因此这个昵称也在不知不觉中被大家遗忘掉了。

然而，当老师离开我们学校后，大家谈论起她时，一定会想起"Smiles"这个单词。

一日，老师突然问我们："同学们，你们知道在英语中，哪个单词的拼写最长么？"

同学们绞尽脑汁地思考着自己所知道的英语单词，但最多也只想出了五个或七个字母组成的词语，再也想不出更长的单词了。大家只是面面相觑，并没有一个同学有自信举手回答。有一些不认真的学生，不明白老师问这个奇怪的问题的意思，

———————————

① 梅布尔·诺曼德（1892—1930），美国女演员。

咻咻地笑了起来。

我突然想起了哥哥读过的一本一位法国作家写的小说的书名。那是一本叫作《菊》的小说，英语为"Chrysanthemums"。我觉得这个单词够长的了，于是便举起了手。

"A君。"老师叫了我。"我知道有一个很长的单词，是'Chrysanthemums'。"我答道。

老师温柔地笑道："对！对的！据我知道的英语单词里面，最长的应该就是这个。A君应该答对了。不过，是不是还有更长的单词呢？这个请大家向英语老师确认吧。下面我要说出我自己的答案了，这只是我开的一个小玩笑，所以，我并不是在订正A君说的答案哦。"

"老师，是什么呀？"

"我这个单词呀，拼写起来有一英里长哦！"

"哇……"学生们有些撒娇地叫道。

"大家知道是哪个单词了吗？"

"不知道。老师！"

"您快点说吧！老师。"

"这个单词是……"老师边说着边写在了黑板上。

是一个大大的"Smiles"。

"大家看，在S与S之间有一个mile呢。"

老师在大家的一片笑声中，静静地走出了教室。自那时起，我便很喜欢影山老师了，尽管很难说明为什么喜欢。如果说当我回答"Chrysanthemums"后，老师特别关注了我，是我开始喜欢她的原因，也绝不是撒谎。这个年纪的少女，当知道自己被别人喜欢，都会感到非常开心而开始喜欢对方的吧。

老师最初来我们学校时，一直住在离码头很近的旅馆里。我听说老师最近在找一处比较安静的房子。

"我想让老师住在我家里。"我一个人这么想着。然而，我家中并没有适合的房子给老师住。就在我苦恼时，老师已经决定住到我同学N君家中的阁楼里去了。当我从N君那里听到这个消息时，我不由得想："N君真幸福啊！"

N君刚开始的时候，为老师住进自己家中这件事颇感自豪，她用那种仿佛在说"老师是我一个人的老师哟"的表情，牵着老师的手走进校门。

"N君真讨厌，老师不是你一个人的老师！"有的同学站在远处，满是嫉妒地说道。其实，我也十分羡慕N君，也曾经用一种仿佛自己的东西被别人抢走了的那种想要哭泣的心情，目送着N君和老师一起离去的背影。

"A君，早上好呀！"老师在门口和我打招呼。这已令我满足得不得了了。

"影山老师在家里都做些什么呀？"我向N君问道。

"做什么？不知道。读读写写什么的吧。"N君回答得很简洁。这让我感到很不尽兴。

"都读些什么呢？"

"我怎么知道。"

"还有，老师晚上几点睡觉呢？"

"你真是烦人。晚上我睡得早，早上又起得晚，我怎么知道老师几点睡呀！"

我非常迫切地想要知道老师的一切。

我家中有一个牧场。每天早上，我家牧场的新鲜牛奶都要被送到这个小镇上的每家每户家中。我突然想到，影山老师也在订购我家的牛奶。

我瞒着家里人，请求送奶员让我亲自去送老师订购的牛奶。

影山老师所在的阁楼的木板套窗仍紧闭着。我的手悄悄地扶在了老师房间对面庭院中的那扇篱笆门上。那是一种唯恐惊醒了自己所爱的人的美梦、但又想要悄悄地钻进她心中的那种类似于冒险的心情。自出生以来，我第一次体会到了内心狂跳的感觉。

小径上的朝露沾湿了我的下摆，很是冰凉。

我被自己对老师的爱所鼓舞着，终于打开了篱笆门，走进了庭院中。我将牛奶瓶悄悄地放在了窗台上。牛奶瓶发出了"嗒"的一声脆响，我吓了一跳：原来是我的手在颤抖！我像做了坏事一样，飞快地穿过庭院，跑回了家中。

这是我人生经历当中的第一个秘密。

不久，老师便知道了我将牛奶送到窗台上的事情。自那以后，老师便会在傍晚来我家的牧场散步。每当黄昏降临，我便打开二楼的窗户，目不转睛地盯着老师将要走来的那条道路。


为你，

打开窗户，

为你……


　　是的，我为老师打开了窗户。等待老师到来的每一个黄昏都是难以言表的喜悦，抑或悲伤。不知为何，我的心不停地跳动着，感觉一瞬便是百年，又感觉百年缩短成了一瞬。我们——是的，如今我已没有任何踟蹰地说"我们"，老师和我之间的关系已经加深，已经连接到了一起。

　　我能够通过老师的眼睛、老师唇边的肌肉，还有老师那纤细的手指正确地读懂她的感情。

　　我们绕着牧场的栅栏，唱着《圣母颂》。我们一定会唱起当时的一首名为《少女》的歌曲。每每唱起这首歌，拉着老师的小拇指走路的我，便能深深地感觉到老师心中那种莫名的强烈的感情宛若泪水般涌上来。我偷偷地仰望着老师的脸颊，老师的眼角有泪花，然而，她的脸上总是盈满着微笑。

　　"小A呀，老师没事。"老师说道，"只不过是眼泪自己流了出来。你现在还小，等长到老师这个年纪便会明白了。不，还是不要明白的好。"

　　然后，我们在田野间的小路的拐角处告别。每次和老师告别后，我便像行走在梦中一般朝着家中走去。老师只是静静地和我握手，然后离开。我想被老师紧紧地抱在怀中，去倾听老师流泪的原因。我认为自己已经能够明白任何事情了。

　　我喜欢老师的一切。尤其喜欢和老师一起散步时，她递给我的左手小拇指。那是一种和握手完全不同的紧紧相挨着的肌肤接触。老师的手指其实挺有肉感的，然而看着却是如此纤细而富有弹性。尽管我没有见过贝多芬的手指，却总觉得老师的手指就是与天才音乐家的手指如此相像。

"这是我的小拇指。"我说道。

"嗯，那是小A的小拇指呢。"老师说。

"老师，你这个无名指上戴着的是什么呀？"

我是无意中问的这句话。如今，我已明白了老师当时沉默着微笑的心情。从那年的圣诞节开始，老师的无名指上便戴上了一个细细的铂金戒指。对于这个戒指，老师也只是笑笑，没有回答。然而，不久后的一天，我便知道了这个戒指的意义。

在春天很早便会到来的我的故乡，在一个桃花凋零、樱花开始绽放的三月里的晴朗的早晨，我像往常一样拿着牛奶来到了老师的窗下。然后，一位身穿白色睡衣的男子站到了老师的窗前。我立刻感觉到眼前一黑，就像降下了一层厚厚的宛若戏剧的黑幕般的幕帘一样。在回到自己的房间之前，我的大脑都无法思考任何问题。

那天黄昏的散步后，我与老师便开始了漫长的分离。老师倚在牧场的栅栏上说道："小A，老师就要和你说再见了哦！"

听老师这么一说，"哇"的一声哭了起来。

"小A，你要为老师感到高兴才行哦！我要结婚了呢。"我一切都明白了。然而，却无法抑制悲伤。

"我的朋友会接替我来给你们上课。"

我什么也听不进去。拉着老师的手哭泣，是我当时唯一能做的事情。然后，老师对我说："不要哭了哦。高兴点！"老师将她的脸颊贴到我沾满眼泪的脸颊上。当时我那少女的悲伤，既有对爱的最初的认识，亦有嫉妒与离别的哀愁。那种感受，同《少女》这首歌一样，是我永远也无法忘怀的。

# 几度山河

　　这天，小篠邀约洋吉去了山顶。那里是岩手①和青森②的国境，四处都是山，在山顶上看到的依旧是大山。

　　洋吉眺望着那仿佛遥远的梦乡般的相连的群山，又开始向往东京了。

　　洋吉小学毕业后，便每日下田帮祖父干活。

　　正如祖父是个农民一样，祖父的父辈也是农民。

　　所以，有着农民先祖的洋吉也只能成为一个农民。

　　十七岁的洋吉有一个年轻的梦想，那就是去东京。

　　洋吉觉得，那里有所有的幸福，有令自己心荡神驰的欢乐，有很多罕见的美好的东西。

　　那里，是一切幸福的摇篮。

　　洋吉出神地眺望着东边的大山。

　　"洋吉又想去东京了吧？你还是一定要去看看啊？这是可以理解的。我曾经也是如此向往东京，然后便急切地离开了家

---

① 地处日本本州岛东北部。
② 地处日本本州岛北部。

去了那里。然而，如今想来，我真是傻啊！"

小篠深有感触地说道，也不觉地看了一眼洋吉眺望着的大山。

小篠二十一岁。

四年前，小篠从当地的女子学校毕业。作为资产家的千金，自然早有一门订好的婚事在等着她，然而她却非常厌恶这一切，于是，她便离开了家，去了向往的东京。但是，她没有目的，也不知道自己想要做些什么。

背叛了父母亲的小篠终于还是依靠着母亲给的一点点生活补助，孤零零地踏进了外面的尘世中。

一个人在这世上如何生活？现实渐渐脱离了小篠的想象。

后来，连填饱肚子都成了问题。

小篠经历了这些磨难后，身心俱疲，四年后，她又回到了家中。

洋吉家从他的祖父辈开始便在小篠家做工。

洋吉可以伴着小篠的风琴，很熟练地吹奏七孔横笛。

小篠终于到了要去女子学校上学的年纪。

小篠认定洋吉具有音乐天分。

然而，农民的孩子只有成为农民的份儿。

小篠去东京的时候，洋吉也将小篠送到了火车站。

"洋吉，我这么惹父亲生气，现在不能帮你什么。不过，我在东京站住脚后，一定会把你带到东京去的。你一定要等我哦！"

洋吉等这句缥缈的诺言，一等便是四年。然而，小篠自离开那日起便音信不通，最后又拖着病体回来了。

"我曾经听过这么一句话：'乡下是上帝创造的，都市是人类创造的。'的确如此。东京是没有上帝的。待夜深后，大家都会进入梦乡。东京街道的寂寥是洋吉你无法想象的。我曾经在大街上放声痛哭，那时，我是多么真诚地向上帝祈求啊！'上帝啊，请原谅我这个罪人吧！请赐给我一点点麻雀吃的那么少的食物吧！只要那么一点点我就满足了。'我这样祈求道。然而，上帝却没有听到我的祈求。"

"你说得太多了。"

洋吉冷淡地说道。

"我讨厌上帝创造的这个乡下。我要去人与人之间相互交集、挣扎的大都市试试自己的能力。我很健康，我很年轻，而且，我拥有很多梦想。我不想将这些梦想埋藏在乡下的田地里。我要带上姐姐你送给我的那把小提琴，站在大都会的大门前。我一定会成功的。乡下的上帝是不懂音乐的。我并未打算站在东京的乐坛上唱歌，只要成为一名默默无闻的街头乐手我便知足了。我只是向往东京的街道，那仿佛沐浴在灯海中的东京的街道，那人类创造的承载着一切美好的东西但又宛若洪水般的东京的街道。啊，我想去东京！"

在说这些的时候，洋吉抓着自己的头发低下了头。

小篠温柔地抚摸着洋吉的头，思量着自己将要说的话。

"洋吉，你在哭么？"

小篠轻轻地问。

"没有。"洋吉忍住了眼泪。

"我不知道该对你说些什么。我，我已经不是从前的小篠了，我已经失去了像从前那样宠爱洋吉的资格了。我并不是要阻止你去东京。不过，我无法和你一起去。不，我去也没有关系，反正我已是这样的病体了，无论死在何处，都没有什么可后悔的。然而，如果我带你去东京，会对不起你的父母的。我去了东京之后，才知道父母是如何地担心自己的孩子啊！你想想看，就连动物也有本能的爱，更何况是人类的父母呢？父母是一定会担心的。我呀，就像从前的人们说的那样，既不是为了尽孝，也不是为了爱父母，只是可怜父母的爱子之心罢了。不过，洋吉你是不会明白这种心情的。即便你不明白这些，也应该理解我为什么不能带你去东京吧？而且，如果我将我在东京的遭遇和那种辛苦的生活告诉你，哪怕只是一天的生活，我想洋吉你都不会再说要去东京了。可是，我无法将我的遭遇告诉你。我感到羞耻啊！不，即便是男人也是一样的。无论是多么美丽的诱惑，还是多么悲惨的遭遇，都在东京好好地等着你呢。喂，洋吉，和我一起住在乡下吧！"

洋吉没有回答。小篠继续说：

"不过，我已经不是洋吉你的姐姐了。倘若是从前的小篠，我一定会好好疼爱你的。——然而，当时的我，很对不起，当时的我的眼中，是没有洋吉你们这些人的。如今，在这个世上我最喜欢的便是洋吉你，可是，我现在却无能为力了。大家都非要去东京不可。不，东京并没有错。是我太傻了！太傻！太傻！太傻！啊，哈，哈，哈……"

小篠突然笑了起来。

洋吉被这歇斯底里的笑声吓了一跳，抬起头来。

"你很吃惊么？我是不是疯了？啊哈，哈，哈！东京是没有上帝的。所以，我便任由自己胡闹起来。红蝉花一下子便绽放了呢。爵士乐队哟、狐步舞哟，'啦，啦，啦，啦……'音乐声在我耳边响起。'刚刚一点半'有人对我说。我去了哟。我喝了紫色的酒。我的心脏怦怦直跳。我全身发热。啊哈，哈，哈！你很吃惊吧？我真是傻啊！"

洋吉以为小篠会控制不住自己的情绪而一直不停地说下去。然而，她却突然沉默了，用衣袖擦拭着眼泪。

洋吉不知该如何安慰她，只好沉默地安抚小篠的后背。

小篠哇哇大哭起来。

"姐姐，不要哭了。姐姐这么哭，我也不知道该怎么办好了。"

"不哭了，不哭了。啊哈，哈，哈！姐姐在笑呢。我想起了快乐的东京。其实想想，在东京的日子是快乐的。'银色的小刀如月，一切悲伤都被冻结，我切着小小的面包片。'正如这首歌所说呢。喂，洋吉，你也去东京吧！东京可好了。喂，今天就是你的送别会。女人可以回来，男人却不能回来。你一定不要回来喔！来，快点吹七孔横笛。我来唱歌。'银色的——小刀——如月——'不行哟，洋吉，不能哭哟。来，'一切悲伤——'来，快点吹呀，'悲伤——'……"

小篠的歌声被风吹去，小篠的歌声变成了哭泣声。

洋吉吹起了七孔横笛。

那歌声和笛声被风吹去，飘去了很远很远的国境线的对面。

山河默默地相连。

一直相连……

# 勿忘草

　　靠近车窗的田野间的绿草被汽车带来的风吹动。小草随风舞动着，昂头朝着太阳，愉快地手舞足蹈起来。

　　京子将脸贴到车窗上，不知厌倦地眺望着这令人愉快的风景。由于要参加学期考试，京子被前往铫子海岸避暑的家人留了下来。学期考试终于在昨天结束了，今天，京子终于可以见到想念的母亲了。

　　火车穿过田野，越过山冈，当远远地看到原野尽头的深蓝色大海时，京子的心快乐得像要跳出来。帆船静静地在被阳光照耀着的宛若白金般的海原上似走非走。在江渚附近，身穿白色西装、打着黑色领带的生气勃勃的海鸟们飞翔着。

　　啊，这是一场多么愉悦的旅行啊！

　　抵达铫子别墅时，已是当天下午。虽然是每年夏天都会见到的大海，但在见到它的那一刻，京子仍然感到非常开心。

　　次日清晨，京子第一个起床，她来到庭院里从篱笆门内眺望着海。清晨风平浪静的大海静静地载着白帆，缓缓的波浪舒畅地拍打着江渚的方向，却被岩石打碎变成了白色的泡沫。

庭院的篱笆门下面便是渔夫的家，煮早饭的紫色烟雾从茶色墙壁的缝隙间缓缓地升起。在房子周围，杂乱地盛开着各种各样不知名的可爱小花儿。比起东京家里的花坛，这无法轻易得到的自然花田是多么让人怀念，多么温暖啊！

此时，京子看到山冈上有一位抱着果篮赤足踩在清晨草地上的少女。这位就这样踩着朝露，将刚刚从树上摘下的果实切成小块放到餐桌上的农村少女该是多么开心啊！

不久，拿着水果的少女朝着京子走来，恭敬地行了个礼，便朝下方的家中走去。

次日，那位拿着水果的少女便成了京子的朋友。她叫作滨子。

这个位于入江口的小小的渔村，东西方向为低低的山冈，北边是一片松树林。西边的山冈上，有一个小小的神社，插着红白相间的小旗帜。从这里望去，绿色的山冈呈一个缓坡状，山冈尽头是大利根的河口。站在东边的山冈上，君滨宛若琴弓，而那白色的波浪仿佛琴弦。琴弓末端，是犬吠岬①，在那里，漆着白墙的灯塔沐浴在清晨的日光中，呈现出桃红色。京子喜欢站在这个山冈上眺望着灯塔的方向。

那是一个下着浓浓大雾的上午。京子像往常一样坐在山冈的草地上，眺望着君滨的方向。

浓雾不断下沉，使海边的沙土看起来也变成了灰色。松树

———————
① 位于日本千叶半岛的一座岬角。

林带着湿气，绿色更深，仿佛在流泪。犬吠岬的灯塔被浓雾笼罩着，宛若遥远的异国风景。大海一片暗淡，没有一只飞鸟，只随处可见白色的浪头。这时，从灯塔处响起了警笛，为绕着海角航海的船只引路，以免它们走错了航道。仿佛从遥远的陌生国度传来不吉利的警告般，惹人神伤的雾笛不断地响起。

不久，当空中的浓雾稍微散开一些时，从浓雾的缝隙间露出了青色的太阳，宛若绿宝石上的珍珠。

从雾霭缝隙中透出来的阳光照射着松树林。京子看到君滨的沙路上有两个人影在走动，那两个人仿佛正朝着她的方向走来。京子一直盯着他们。

当他们走近，京子才看清，那是一男一女。女孩子抱着一把三弦琴，而男子抱着一把好像是将吉他改小了的那种乐器。京子想，他们应该是不断行走在旅途中的卖艺人吧。尽管穿着几度被风吹雨打的和服，但他们看起来却很开心，欢欣雀跃地走着。

女孩看到坐在那里的京子，微微点头，问道："这位小姑娘，请问一下，香取该怎么走呀？"

京子经常听到"香取鹿岛"这个名字，但究竟在哪个地方，自己也不清楚。

"那么，这里的城镇怎么走呢？"女孩又重新问道。京子告诉她，下了这个山冈，穿过那个松树林后，便直接可以到了。

"谢谢你哟！"女孩向京子致谢。这时，好像女孩的手指碰到了三弦琴，三弦琴的琴弦"吧嗒"一声响了起来。

京子一直盯着那两个卖艺人下了山冈，进入了松树林，直至身影消失。当他们的背影愈来愈小，最后消失在松树林中时，京子觉得自己的内心被什么东西压迫着。悲伤，寂寞，无助……该如何描述这种感觉呢？仿佛被某个人等待着，又仿佛自己在等待着某个人，想要去某个遥远的地方。刚刚年满十六岁的少女的内心，并无任何不平和不满，然而，又觉得有一些不如意的地方，有一些虚幻的东西。这种心情，宛若那曳过浓雾的青色的太阳般，微弱地照射着她的内心。

京子想起了昨天黄昏时，提着画布和颜料箱从山冈离去的、有着黑黑头发的年轻人的背影。

青色的颜料代表悲伤，黄色代表喜悦，绿色代表信仰，白色代表纯洁，红色的颜料代表爱情……那么，京子的心情，又该用何种颜料来描绘呢？

绿色的原野尽头，如梦境般横亘的远山上，密布着玫瑰色的云彩，那里，一定住着幸福。

与恋人离别的年轻人，
今日又开始啜泣。
围绕着大山寻找，
恋人藏在那青亚麻的鲜花下。
银铃将我的梦惊醒，
眼前的一切逐渐朦胧。

不知那里是什么地方，不知那里有些什么，只是想要去很远很远的地方，然后再也不回来。

京子站起来，眼睛看着前方，却不知在看些什么。或许，那不是眼睛看到的，只是心灵在寻求一个陌生的、向往的未知世界。京子站起身来。

不一会儿，京子意识到滨子站在了自己身边。

"滨子，今天你不去山里么？"

"对的，小姐。"

"是吗？那，今天和我一起玩吧！"

"好的，小姐。"

"我曾经想要一个人永远永远地走在那长长的江渚上呢。滨子，你想去哪里？"

"我没有想过这个问题。不过，我想去东京看看。"

京子不明白滨子想要去东京的心情。京子想要走去一个陌生的地方，已经有些迫不及待了。

"滨子，我们去松树林吧？"

"好。"

京子跑着下了山冈。滨子也跟在后面跑了起来。下了山冈后，京子依旧奔跑着。在白色的沙土上留下四个脚印的两位少女，拼命地奔跑着。二人的身影愈来愈小，站在山冈上已经看不到她们的身影了，然而，二人依旧在奔跑着。跑啊、跑啊……跑累了的京子筋疲力尽地坐在了沙土上，滨子也坐在了京子的身旁，她看到京子的脸颊涨得通红。京子一直沉默着，握着滨子的手，盯着滨子的脸。泪水从京子的眼睛里簌簌落下，她自己也不知道为什么要哭。滨子也莫名地悲伤起来，将脸趴在京子的膝盖上，抽抽嗒嗒地哭了起来。

很长很长的时间里，二人什么也没有说，仿佛是这世上可怜的孤儿般相互拥抱着哭泣。自己也不清楚为何会这么伤心，为何会流下这么多的泪水，可是，她们却相互明白彼此的心情。

然后，二人停止了哭泣，坐在松树林里的草地上扎着月见草的花束。此时，浓雾已经散去，曳过树梢的阳光在少女们那红扑扑的脸颊上、在系着白色围裙的膝盖上，投下了青色的光芒。

"滨子，我给你梳个发髻吧！"

京子像姐姐一样，怀着一颗无比疼惜的心，将滨子那凌乱的头发梳上去。

"小姐，你什么时候回东京？"

"还有一个月左右吧。"

"这真是太好了。"

"嗯。"

"滨子，我今天感到非常的寂寞呢。"

京子依依不舍地依偎着滨子说道。然而，从来没有一个人对滨子说过这么温柔的、恋恋不舍的话。滨子不知该如何回答才好。

"滨子，你去过松树林对面吗？"

"嗯，我经常去那里捡柴火。"

"是吗？那里也是海边么？"

"有农田，还有渔夫们住的房子。"

"那个村庄叫什么名字？"

"犬若。"

"犬若？到达那里有九十九里路么？"

"如果绕着海角的话，便有九十九里路呢。"

"滨子，你去过那里么？"

"没有。"

"我想去看看呢。"

"我还能和滨子玩很长时间呢。滨子，你想要梳什么样的发髻呢？"

"我的头发从来没有梳过发髻呢。"

"是么？那，我就给你梳个我喜欢的发髻吧！"

"嗯，您随便梳，小姐。"

"滨子，你在东京有没有亲戚什么的？"

"没有。"

"也没有认识的人？"

"嗯。"

"我回到东京也觉得很无聊。滨子你来我家吧？"

"能待在小姐的身边当然好……"

"我去求求妈妈看。如果可以的话，滨子你就和我一起来东京吧！"

"如果能这样，我该有多么高兴呀！"

"好，那我就去求求妈妈。"

轰轰的波浪声传来。

"滨子，你觉得我幸福么？"

"我想不出你有什么不幸福的地方。"

"是呀。我自己也没有感到任何不幸福的理由，究竟是哪里不幸福呢？可是，没有什么比无欲无求更让人觉得无聊了。像滨子你这样想要去东京，想要去学校学习知识，这样的想法是很好的。可是，我却不知道自己想要去的地方究竟是哪里。虽然我不知道它在哪里，却觉得一定有这个地方存在。我这么说，滨子你可能不能理解，可是，我就是想去。好了，滨子，我给你梳好了，看，多漂亮呀！"

"谢谢你，小姐。"

"我给你插上一朵勿忘草吧！听说呀，勿忘草原本是那蓝蓝的天空上的一片云，它背着天上的神明，在夜间与地上的花儿见面。结果它忘了时间，天亮之后，已经没有办法再回到天空中了，于是便变成了地上的花儿，这就是勿忘草。听说，夜里的星星就是变成了勿忘草的云彩的房子呢。好了，这样就很漂亮了。啊，真像啊！"

"是吗？"滨子开心地说道。

快乐的日子，总是过得非常快。一天早晨，京子告诉滨子，她必须要在明天回东京去。这对京子来说也很突然，然而，她却没有对滨子解释原因。

滨子苦苦思索着该送什么样的礼物给这位如此善待自己的小姐。在考虑了很久后，滨子决定摘一些京子平时很喜欢的那座花园里的花送给她。

次日，在天还很黑的时候，滨子便去了花园，摘了很多很多鲜花，直至自己拿不了为止。然而，还不到十五分钟，滨子便知道自己这些美好的心意白费了。因为，原本定于今天早上出发的京子，却由于一些原因，在昨天夜里便急急地坐上了末班火车回了东京。

滨子站在那个山冈上，静静地眺望着东京方向的天空。热泪流过她的脸颊。

再见了，小姐！

# 无法遗忘的少女

　　这里所说的无法遗忘的少女，是偶尔才会想起的记忆，并非是那种即便在紧张的生活的空隙里也无法遗忘，一直思念着的那种情况。

　　彼时，颇受好评的一个新剧团开始进行第一次巡回演出。那已是五年前的事情了。那是剧团一行结束了在北海道地方的漫长的巡回演出后，抵达沿着海岸线而建的K市的那晚的事情。那年已是十一月份，即将迎来新年，冬天来得甚早的北国的远山也开始下起雪来。

　　我在旅途中必定会在S市与这个剧团会合，那晚，我与这个剧团的经理人S老师和剧团的女主角S君在S老师的房间里玩到深夜。（S老师和S君已相继去世，如今，脑海中只留下了对他们的这一点点记忆。）

　　那是夜里快两点的时候吧，我离开老师的房间，在回到S老师为我预定的房间的途中，当走到走廊尽头的房前时，透过半透明的纸拉门，看到剧团里最年轻的女演员K小姐一个人坐在皮箱前。

将旧式的小型皮箱与柳编行李箱放到自己面前，失落地垂头的K小姐的身姿，沐浴在从头顶上方直射下来的五坎德拉的灯光下，垂下的发丝将脸遮住了一半，后颈与肩膀承受着淡黄色的高光，令人感到心酸。我从未见过如此失落的令人心疼的样子。

K小姐是出身于良好家庭的少女，毕业于某个女子学校。彼时，她受崛起的新气象的影响，抛弃了自己的家庭，从学校毕业后，立刻便投身到了这个剧团。她具备音乐的素质，并且她那可爱的直率的性格，仿佛填补了每个人的"回忆"与"被埋藏了的青春"。因此，她受到剧团里的每个人的喜爱。

K小姐注意到了我的存在，抬头对我默然一笑。那是一种将自己从陷入沉思的茫然自失中拉回来的一瞬间的表情，以及想对我说些什么的表情。

然而，就在我思索着要不要进去坐坐时，她对我说道：

"我今晚就要回东京了。"

我看着皮箱里和榻榻米上摆着的和服外褂，好像女人用的多为红色的带子的衬垫，还有颜色鲜艳的披肩等物件，觉得这些反而是令人感觉寂寞的东西。

"你不在这里唱戏了？"

"嗯。"

"老师和S君会为难的吧？你在这个时候离开。"

"嗯……但是……"

K小姐这么说着，她那被发丝遮住的脸正视着我。用一种期待着我问"为什么"、但是倘若我这么问了却又很难作答的表情看着我。

因此，我并没有问"为什么"，而是试着问道：

"发生什么事情了？让你在这半夜赶回去。"

"虽说是今晚，也已是明天了。有一班早晨五点钟出发的火车……因为，我想回东京了。"

K小姐这么说着，垂下眼睑，在膝盖上将正在叠着的伊达带系上，然后又解开。

我的好奇心仅止于"为什么"，并不喜欢去触及K小姐那受伤了的心，也不想从K小姐的口中听到剧团里的某个成员的私事，因此，我保持了沉默。

四周已经变得十分安静，大家都进入了梦乡。外面也没有任何声响，让人不禁想是否下雪了？这种感觉包围了整个房间。我点起一支烟。

这是怎样的一种寂静的彷徨啊！K小姐也沉默着，用她那白皙纤细的手指，不停地系上红色与银灰色的伊达带，然后又将它们解开。

我也未曾听S老师与S君讲起过此事，K小姐这样离开剧团，急急地返回东京，一定是有充分的理由和发生了很大的事情了吧。总是那么快乐的K小姐如今这种失落的样子，是多么的让人心疼啊！然而，我作为S老师的朋友，除了偶尔在后台与K小姐碰过面外，并不是她的朋友。因此，这夜的寂静——倒不如说她的悲伤更为合适，这夜的寂静，我是无法排遣的。我想：我在这里坐着，她是不是很为难呢？于是便问道：

"行李都收拾好了么？"以此为契机，我正要站起来，此时，从远处的停车场附近传来了火车鸣的一声汽笛。她大吃一惊，抬起脸颊，问道：

"几点了？"

"两点三十五分。"我将手表放入口袋后，说道。

"还有……还有两个半小时。"

"还是稍微睡一下吧。打搅你了。"

"这……"

看到我站起来，她用那种好似责备又好似无依无靠的寂寞的眼神望着我。那眼神表明，她想让我再待一会儿，但却连请求的一点点勇气也没有，她的心在极度矛盾着。

"我，我不睡觉。"

"那可不行。即便躺一下也好。那么，再见了，晚安。"

我说着，走出了房间，从外面为她关上了房门。

将寂寥与失落留给了她。

我爬上床后，由于旅途的疲劳，便沉沉地睡去了。再次睁开眼睛时，已接近十点了，载着她的火车，此刻已快要经过武藏野了。

# 圣诞节的礼物

"妈妈!"

下午三点,美津将茶点盘子里的第二块树叶面包掰成了两半,妈妈在旁边忙碌着。

"什么事呢,美津?"

"妈妈,那个……马上就是圣诞节了吧?"

"是啊,马上就是了。"

"什么时候到呢?"

"和美津一样大的时间就到了。"

"和美津一样大?"

"是的呀。"

"那,妈妈……一个、两个、三个……"美津掰起手指,计算自己的年龄来。

"一个、两个、三个,然后……妈妈……四个、五个……看,六个!是吗,妈妈?"

"是呀,睡六个小时就是圣诞节了。"

"那个,妈妈……圣诞节,嗯……我该要些什么礼物呢?"

"哈哈，美津在考虑圣诞节的礼物呢！"

"妈妈，我该要些什么呢？"

"美津想要什么，圣诞老爷爷都会给你的哦！"

"真的吗，妈妈？"

"是呀，什么都会给你的。美津，你想要什么呢？"

"我想要穿着金色衣服的法国女王，要有红色的脸蛋，然后……然后，还有什么呢？然后，钢琴，然后，然后……"

"啊，还真是多啊！"

"妈妈，可以再要一些吗？"

"可以是可以，但是圣诞老爷爷也记不了那么多哦！"

"那么，妈妈，你写给他吧！然后寄给圣诞老爷爷。"

"对呀，美津真是聪明呢，说吧，妈妈帮你记下来！"

"钢琴、玩偶、蜡笔、素描贴、玩具、手套、缎带……妈妈，房子也可以吗？"

"这可不行哟，房子太重了，圣诞老爷爷年纪大了，背不动哦！"

"那么，钢琴也不行吗！"

"是呀，钢琴也不行！"

"那么，钢琴、房子都不要了。啊，口琴！口琴那么小就可以了吧，然后，军刀、手枪……"

"你需要手枪吗，美津？"

"可是，隔壁的二郎说过，坏蛋都有手枪。"

"美津，坏蛋可不好哦，而且，如果二郎变成了坏蛋，还需要手枪的话，圣诞老爷爷也不会送手枪给坏蛋的！"

"圣诞老爷爷也会去二郎家吗？二郎家没有烟囱啊？"

"没有烟囱的话，老爷爷会从天窗进去的。"

听完美津就立刻跑到院子里，去叫邻居家的二郎。

"二郎，你给圣诞老爷爷写信了吗？"

"我不知道啊！"

"哎呀，没有寄信啊！我妈妈给他寄信了哦，上面写着'请给我带来口琴、玩偶、缎带、小刀等玩具。'"

"老爷爷会送来这些东西吗？"

"哎呀，二郎你不知道啊？"

"哪里的老爷爷？"

"圣诞老爷爷啊。"

"圣诞老爷爷，是哪里的老爷爷？"

"从天上来的。在圣诞节的晚上出现。"

"不会来我家里的。"

"哎呀，那一定是你家没有烟囱了。我妈妈说了，没有烟囱，可以从天窗进去。"

"那他会带什么来呢？"

"什么都可以哦。"

"手枪也可以？"

"手枪、军刀都可以。"

"我也要写信给他。"

二郎急忙飞奔回家，对正在缝制棉袄的妈妈说道：

"妈妈，快给圣诞老爷爷写信。"

"说什么呢？你这孩子。"

"我想要手枪、鞋子和西装。"

"啊，你在说什么？"

"美津的妈妈也给圣诞老爷爷写信了，说要玩偶、缎带、口琴。妈妈，我想要手枪和军刀。"

"二郎，那是因为，隔壁家有烟囱，圣诞老爷爷才来的哦。"

"但是，美津的妈妈说了，没有烟囱的时候就从天窗进去。"

"好，那我们也给圣诞老爷爷写信！"

"好高兴啊，我想要手枪和喇叭。"

"圣诞老人可能不会给贪得无厌的小孩子送礼物哦。"

"但是，我也想要喇叭呀。"

"但是，圣诞老爷爷要给全世界的儿童送礼物，如果一个小孩子要太多东西，其他小孩子没有礼物收了，是不是不好呢？"

"那么，我就只要一样礼物就好了，那就要喇叭吧，妈妈。"

"二郎真是个好孩子。"

"我要有着红色喇叭芯的喇叭，妈妈。"

"好好，红色喇叭芯的喇叭。"

"好高兴啊！"

睁开眼睛，二郎的枕头边有一个漂亮的闪着黄色光芒的喇叭，而且是有着红色喇叭芯。二郎非常高兴叫了妈妈：

"妈妈，看我的喇叭!滴滴嘟嘟，滴滴嘟嘟，滴滴……"

美津在早上睁开眼睛一看，发现只有缎带、铅笔和小刀。

美津探向火炉的烟囱里，什么也没有，美津失望得哭了起来。

无论得到多少礼物，都不会让美津高兴的，因为美津是个贪婪的小孩。

# 煤铺家的蠢太郎

"什么嘛！这个和尚怎么给我取了个蠢太郎的名字呢？"蠢太郎百思不得其解。

"蠢太郎从糖里出来喽！"街上卖糖的老爷爷一边唱着，一边用大大的菜刀切着糖条。然后，从那糖条里面出来了好多个蠢太郎。这可真是羞死蠢太郎了。

"哟，你好，蠢太郎！"——蠢太郎每次去蔬菜店买萝卜呀芋头什么的时候，蔬菜店的小子都这样嘲笑他。

可是，蠢太郎的妈妈总是这样告诉蠢太郎："为你取名字的人是位德高望重的高僧。因为有那样伟大的人为你取名字，所以你以后也肯定会变得很了不起的。"

蠢太郎心想，加藤清正长着一副加藤清正的脸，拿破仑也长着一副拿破仑的脸，那我蠢太郎也长着一副蠢相吗？蠢太郎觉得从糖里出来的脸可不怎么好看，但是说不定从糖里也会生出伟大的人呢。连耶稣基督都是在马棚里面出生的，纳斯卡亚公主不也是从红蘑菇里面生出来的嘛。

"玛利亚和格列柯去山里面采蘑菇了。"

蠢太郎给小不点儿妹妹讲起了丹麦的童话。

"玛利亚和格列柯渐渐走到了山林的深处。然后，他们看到地上长着好多好多的红蘑菇。'真漂亮啊！'格列柯说。'别碰！那是毒蘑菇！'玛利亚警告他。'可是！它们好漂亮呀！'格列柯反驳道。'无论多么漂亮，就是别采毒蘑菇！采了毒蘑菇，会死掉的！'玛利亚继续劝说。可是，不管玛利亚怎么劝说，格列柯还是采了有毒的红蘑菇。

"'我是丹麦的二公主。我被女王姐姐流放到这山林深处，可爱善良的小朋友呀，请成为我的王子吧！'红蘑菇公主这样请求着，拉起格列柯的手，朝森林深处的宫殿走去了。"

蠢太郎心想，只要爱惜这世上所有的东西，和他们说话，那就可以和他们交朋友了。

蠢太郎又想，不管走在街上，还是在电车里，都要和大家更友好。于是，他和小不点儿妹妹走到了大街上去向大家显示自己的友好。

他先跟酒店的喇叭狗打招呼。

"喇叭狗先生！你好，今天天气真不错！"

蠢太郎这么一说，喇叭狗吓了一跳，汪汪地叫了起来，吓哭了妹妹。

蠢太郎又带着妹妹朝等电车的地方走去。他看见对面走来一位穿黑色皮草的夫人。于是，蠢太郎向那位夫人鞠了个躬，又说道："夫人，今天的风可真大啊！您的包挺沉的吧。让我为您提包吧！"

听到蠢太郎这么一说，夫人白皙的脸上的眼睛眯成了三角形。

"哎呀！这孩子真讨厌！跟不认识的人讲话，你肯定是叫花子！"夫人说完后，就快步离开了。

后来，蠢太郎又看见了一个长着红色鼻头穿着西装的肥胖男人，醉醺醺地从坡上走下来。

蠢太郎走到那个男人跟前，对他说道："您醉了呀！"

听见蠢太郎这样讲，之前还乐呵呵的男人，脸色突然变得非常难看，大声吼道："呀！你这个没人要的叫花儿！我醉了，也不要你多管闲事！你就是给我敬礼，我也不会给你一分钱的！再啰啰嗦嗦的话，我就把你交给巡警！"

男人又踉踉跄跄地走掉了。

蠢太郎不由伤心起来。难道就因为我家是卖煤球的，所以大家都要这样对我吗？难道我的脸上写着"蠢太郎"的名字，所以大家都当我是傻子吗？蠢太郎看着照在点心店玻璃窗上的自己的脸。自己的衣服有一点旧而已，跟在大街上走着的其他孩子相比，我也没有什么奇怪的地方啊！突然，他发现点心店的窗子上映着好像红蘑菇的点心，于是他叫道："红蘑菇！红蘑菇！我的红蘑菇！"

点心店的老板听见蠢太郎这样叫，重重敲了蠢太郎的脑袋一下。蠢太郎和妹妹哭着回家去了。在横街拐角的当铺处，蠢太郎撞到了一个黑乎乎的东西，他被撞飞到了水沟旁边。站起来一看，发现是给自己取名字的那位和尚。

"大师，我真的是从糖里生出来的吗？"

蠢太郎向和尚问道。可是和尚已经拐过了横街，朝电车方向走去了。这时，不知从什么地方传来这样的声音："你呀！是从煤球里面生出来的！"这是当铺的小伙计，从窗户里探出头来讲的。可是，蠢太郎没有留意到，还以为是和尚回答他的。

自那以后，蠢太郎就再也不和其他人讲话了，只和煤球儿关系要好。蠢太郎每天都盼望着丹麦的第三位公主从煤球里面出来，和他做朋友然后把他带到森林深处的宫殿里去。

# 太阳花

三宅坡上水泵的旁边，盛开着一株太阳花。

"在这样的地方，居然会长着一株太阳花，真是太神奇了！"经过那儿的路人，会看到那一株太阳花，都会这样交口称赞道。

有一个叫作熊吉的洒水夫，每天拉着印有政府标识的洒水车，往返于半藏门和永田街之间来回洒水。

多亏了每天洒水的熊吉，住在街边的人家都可以放心地打开采光的拉门，学生们也可以开着窗子吃便当，而不用担心吹进来的风会夹带着灰尘。

熊吉先生非常善良，有同情心。即便是路旁一株不起眼的小草，熊吉先生也会心生怜惜。

有一天，熊吉先生在自己洒水的三宅坡水泵旁边，发现了一棵草的嫩芽。从此以后，熊吉先生就一天不落地早晚都给这棵小草浇些水。小草可爱的嫩芽一天一天地长大，不久便长出了圆圆的嫩绿的叶子，那些叶子朝着太阳舒展着身体。为了不让风吹倒小草，熊吉先生还特意为小草立起了一根竹棍儿。

但是，那棵小草究竟是什么草呢？熊吉先生完全不知道。小草长出了圆圆的叶子，又长出了三角形的叶子，然后，在茎的顶端竟长出了带触角的花骨朵儿。

　　"呀！这花儿可真奇怪啊！花骨朵儿还长角！"

　　第二天，当熊吉先生第三次洒水到水泵那儿时，惊喜地发现那棵小草居然开出了美丽的黄色花朵，花儿骄傲地昂头朝着太阳的方向。熊吉先生十分高兴，他长时间注视着那朵花儿。熊吉先生把站在电车轨道旁的乘务员拉了过来，想要让他看看这到底是什么花儿。

　　"哎，这花儿怎么样？"

　　"开得真好啊！"乘务员也很是兴奋。

　　"但是，这是什么花儿呀？乘务员先生！"熊吉问道。

　　"是太阳花！"乘务员告诉他。

　　"啊，是叫红百合①呀！"

　　"这种花，要在阳光充足的地方才能开放，它的花儿总是朝着太阳，太阳转，它就朝着太阳转。所以叫作太阳花。"

　　这可把熊吉乐坏了。熊吉朝永田街方向走去时，都想要赶快回来观赏这株太阳花。于是，他就使劲儿拉着洒水车的拉绳，希望早点洒完水，快些回到三宅坡。所以，熊吉先生洒过水的地方，无论多么热的天儿都凉爽无比，无论多么强劲的风都刮不起一点儿灰尘。

---

① 日语中，红百合的发音和太阳花的发音相似。

太阳西沉，落到清水谷公园森林那边时，熊吉先生的太阳花也会跟着收起花朵儿。

"作为你的晚饭，我再给你浇点水吧！哎呀呀！你这家伙怎么都睡着了呀，还是再浇点水吧？"

熊吉先生这样说着，看着垂着脑袋睡觉的太阳花，心情舒畅无比。有时，熊吉先生会一直看着太阳花，直到天黑。

熊吉先生的老婆，跟熊吉那忠厚老实样儿不同，她疑心很重。最近，因为熊吉都回家很晚，她十分生气。

"你都在哪儿游荡？到这么晚才回家啊？你看现在都几点了！"

"你自己看看！看看！都八点了！"

"你到底在干些什么？受够你了！气死我了！你这家伙，这么晚回家，你到底去哪儿了？"

"在三宅坡！"

"你说三宅坡？你可骗不了我！到底在哪儿？和谁一起？"

"红百合。"

"红百合？"

熊吉先生把太阳花误听成了红百合，还老实告诉了自己的老婆。这就成了导火索。这老婆的力气可比熊吉大得多，她把熊吉揍得腰都直不起来了。

"红百合是一棵草！是一棵草啊！"

任凭熊吉先生怎么解释，他的老婆大人都不原谅他。

第二天天气晴好，太阳也没有忘记继续给予三宅坡的太阳花光和热。太阳花睁开眼——咦？怎么回事？今天熊吉先生怎么没有来呢？十点过去了，十二点过去了，太阳花都没有吃到今天的早饭。所以太阳花没有力气把花朵儿朝向太阳。渐渐地，渐渐地，太阳花耷拉了下来。那天晚上，那株太阳花就枯萎了。

# 玩具火车

　　眼看着庭院里的树叶才刚刚变成好看的红色、紫色，然后一片一片地飘落了。庭院里的树，一个个像光着身子的小孩儿一样，瑟瑟发抖地站在院子里。

　　秋天过去了，天气变冷了！

　　从北边的山上刮来了冷风，将房间的小窗户刮得"嘎嘎"作响，田里辣椒的枯叶也在风中"唰"——"唰"——地摇摆着。结着漆黑葵花籽的葵花，靠着竹篱笆站立着，被这风吓了一大跳。风一吹过，篱笆处的竹子顶端发出"哔哔"的笛音。

　　"冬天要来了！"

　　奶奶边说着边把无袖的棉服盖在膝盖上，佝偻着背。

　　"奶奶，冬天从哪里来呀？"花子问道。

　　"冬天从北面的山里来。据说大雁会坐着黑色的车，来为我们报信！"

　　"原来是这样的啊！奶奶，冬天为什么会冷呢？"

　　"因为冬天是夹着银色的冰针，乘着北风来的。"

　　"这样啊！奶奶喜欢冬天吗？"

"怎么说呢？既不喜欢也不讨厌。只是有些受不了寒冷。"

花子住在南边近海的街道，她知道到了冬天，就得把从北边山里运来的木炭和柴火放进炉子里，给炉子生火。花子心想，得为奶奶准备点儿什么东西过冬才行。于是，花子就给柴火和木炭住的地方写了一封信。

北山薪炭先生：

　　今年的冬天又来了。奶奶怕冷。请薪炭先生快来这里吧！

花子

北山薪炭先生收到了花子的来信。

"哎呀呀！又到冬天呢！羽黑山上都积雪了！得赶快去花子那儿了。"

在堆柴炭的小屋里，北山薪炭先生边说着边直起腰来。

"对了，我得先去瞧瞧火车可以出发了不！"

说着，北山薪炭先生就朝火车站走去。在火车站，又大又漂亮的火车呜呜地吐着黑烟。

"火车先生，请把我们带到花子住的地方吧！"北山薪炭先生诚恳请求道。

"不行！不行！今天我要把县长大人送到东京去。你太脏了，我要是让你上车，会受罚的。"

火车说完后，突突突地开走了。

火车站里还停着一辆中等大小的火车。北山薪炭先生走到他的身边，向他说道：“你好！请送我到花子住的地方吧？花子每天都在等着我呢！”

正在午休的火车睁开了眼，睡眼惺忪地讲道：“反正都是玩儿，还不如就带你去好了！什么？这么多东西？”

“嗯，木炭三十包，柴火一百捆。”

“那可不行！拉那么重的东西，我的手脚都会断的。虽然你诚心诚意地恳求，可是我还是要遗憾地拒绝你了！”

“请帮帮忙，花子还在等着我呢！”

“吵死了！还是睡午觉比较舒服！”

第二辆火车说完，便呼呼大睡起来。这时，一辆小小的玩具火车来到了北山薪炭先生的面前。

“薪炭先生，我都听见了。您真是太可怜了！让我试试如何？”

北山薪炭先生低头一看，原来是一辆玩具小火车。

“是啊！我正发愁呢！你要载我去吗？可是，你这么小，能拉得动这么多的东西吗？”

“我也不知道，但是我会努力的。”

“那——就试试吧！我们也尽量不压得太沉！”

玩具火车拉着三十包木炭和一百捆柴火，从火车站出发了。在火车站附近的平地上跑着时，玩具火车还很轻松，可是等走到县边境的山路上时，路变陡了，玩具火车哼哧哼哧地跑得很是吃力，汗水也一个劲儿地往外淌。

"嘿呦，嘿呦，嘿呦……"

玩具火车卖力地喊着号子，却没有多少力气了。但它心中只有一个念头：无论如何也要快点儿到达花子住的地方。

"嘿呦，嘿呦……"

"火车先生，您很累吧！我太重了！"

"不累不累！一会儿就到了！嘿呦，嘿呦……"

然后，小小的玩具火车终于驮着笨重的柴炭，爬到了山顶。

"哎呀！哎呀！骨头都要断了！"

"这往后就是下坡了！之后就很轻松了呢！"

于是，小火车轻轻松松地下了山。很快就到了花子的家。

"花子，我们来了！"

"呀，您来得真快啊！"

就这样，多亏了小火车，花子和奶奶才能为过冬做好了准备。

# 大大的蝙蝠伞

那真是一把大大的蝙蝠伞。

干子刚从乡下转来，和东京的少女比起来，她的发型和穿着虽然土里土气，但是，干子完全不在意这些东西。学习啊，运动啊，她都会出色地完成。她就像一棵小树朝着蓝天伸展绿叶，朝着太阳明朗地生长，是一个自由快活的少女。

干子每天撑着那把巨大无比的蝙蝠伞——这很快就成了学校里的学生议论的焦点。

每个年级都一两个这样的学生，他们有些小聪明，同时嘴巴毫无遮拦。他们喜欢说些俏皮话儿来逗笑大家。干子的年级里，时子和朝子就是这样两个嘴巴很坏的学生。

一天，干子在去学校的途中，遇见了坏嘴巴的同学时子和朝子。不用说，此时干子照例撑着她那把硕大无比的蝙蝠伞。这立刻成了她俩嘲笑的对象。

"哎哟喂！我还以为是打哪儿来的绅士呢，原来是干子啊！早上好啊，干子！"

干子这把伞面是那种用黑色的棉缎做成的，伞柄很粗很大，无论怎么看，都像是祖父时代才会使用的东西。遗憾的是，事实上也确实如此。在这种场合下，用"哪儿来的绅士"来形容是再合适不过的。大家都突然哄笑起来。

干子也无奈地说了一声："早！"然后就快步，径直向学校走去，像是无声地在说：自己不想和无聊的人掺和在一起。

"撑一把那么大的蝙蝠伞，就不会被太阳晒了呢。真好啊！"

"对啊！所以干子才长得那么白呢！"

这些嘲笑声不断传到干子耳朵里。但是，无论她们讲什么，干子都不为所动。

"哎呀！说不定在干子她们乡下地方，那可是非常时髦的呀！"

"对对对！我也这么认为。干子的爸爸肯定是个卖药的。所以也要干子当个卖药的。那些卖药的可不都是撑着那么大的蝙蝠伞的嘛！还要唱着'我们的祖先可是赞岐国①的高松②呢，盛产千金丹③呢……'！"她们一边这样嘲笑，甚至还唱了起来。

这时，干子若无其事地转过身，对她们说："我以后真当了卖药的话，也会卖好药的，不用你们操这份儿心！"

干子说完就大步流星地走了。

---

① 赞岐国：古代日本令制国之一，属南海道，俗称赞州。
② 高松：高松市，位于香川县。
③ 千金丹：传统的中药方剂。

被干子这样一说，嘴巴很坏的两个学生，也顿时语塞无话可说了。

这以后又过了五六天，突然下起了暴雨。看样子，是要一直下到放学都不会停止的。

这时，那个被大家嘲笑的巨大的蝙蝠伞发挥作用的时候到了。

时子和朝子举着漂亮的小伞，雨水溅到了身上。干子实在看不过去，就招呼她们过来躲雨："你们都到这儿来吧！我的伞大，都可以进来！"

然后，三个人就结伴在巨大又时髦的蝙蝠伞的保护下，没有淋到一点雨地回家去了。

# 小小的守塔人

这个故事并不是那么遥远时候的事儿。

在沿着北海的山岬上，有一座灯塔。从入秋到来年初春，海面就一直波涛汹涌，没有片刻的宁静。这在北海是常有的事情。尤其这座山岬附近多暗礁和急流，所以海水到这儿打个旋儿，然后又绕回去。让人感觉惊涛骇浪似乎要将灯塔吞没。

但是，在这座岛上住惯了的守护灯塔的一家三口，却一点也不畏惧大海，反而生活得非常舒适。

今天也如往常一样，守灯塔的爸爸拿着望远镜，站在守望塔上，吹着雾笛，眺望着海面。白天无法亮灯，爸爸便鸣响雾笛，为经过岛屿的船只指引海路的方向。今天的雾尤其大，"啵——啵——"鸣响的雾笛声听起来也总让人觉着今天会有不吉利的事情发生。

"姐姐！今天我莫名其妙地觉得那个笛声听起来好吓人，你觉得呢？"

"对啊！从刚才我就这么觉着。但转念一想，我说出来也许会让摩耶你也觉得害怕，所以就没有说。"

"难道又有船遇难了吗？"

姐弟俩正这样说话的时候，爸爸惊慌失措地从楼上下来了。

"须美，你去海边看看，我从望远镜看到有奇怪的东西！"

"好！"勇敢的须美，当下应声就起身准备出去。

"姐姐，我也去！"弟弟摩耶跟在她的身后。

姐弟俩来到海边，果然看见那边沙滩上折断了的桅杆，上边还缠着红色的水手衫。两人捡起水手衫匆匆忙忙地回家去了。爸爸见状着急地说道："哎呀！不好！真有船遇难了！得赶快开救生船去救人才行。须美你通知村里的其他人，摩耶到塔楼上吹雾笛。要使劲儿拼命地吹！不然的话，爸爸的小船也会遭殃的！记住了吗？"

"没问题！爸爸！"摩耶干劲十足地答道。

爸爸就放下了船，朝汹涌的波涛出发了，他的声音从风中断断续续地飘来："那么，摩耶！我去救人了，雾笛就交给你了，行吗？……拜托了！"

"我可是日本好男儿！"

"这是爸爸第一次去救遇险船员。摩耶一定要鸣好雾笛才行啊！"

姐姐心里挂念着爸爸和弟弟的事儿，朝村子的方向跑去。从这座灯塔到村子里，有一里多的山路。

爸爸的船只在黑暗的波涛和剧烈的海风的双重冲击下，冲破浓雾艰难地前进着。不一会儿，前方传来不寻常的汽笛声，似是船舶最后的呼救。爸爸凭着这汽笛声，全力以赴地摇船前进，终于到了汽笛声发出的地方，五位奄奄一息的船员正抓着船体的残片，等待着救援。

爸爸将他们一个一个地救上了船，船员们身体非常虚弱，不要说讲话了，连睁开眼睛的力气都没有。随后，爸爸拿起桨，朝灯台方向划了过去。可是，雾越来越浓，天色也越来越暗，随时都有可能撞上暗礁。爸爸这条小船上载着奄奄一息的船员，更加沉重了，他已累到极限，仿佛手上的船桨一不留神，便会被卷进波涛中。

这时，为了爸爸，为了许多那些遇难的船员，摩耶也使出所有力气，在灯塔的塔楼上拼命地吹着雾笛。

但是，对于一个仅十二岁的少年来说，这实在太辛苦了。摩耶很快就疲累不堪，雾笛声也时断时续。

可是，现在停止鸣笛的话，爸爸一定会遇上麻烦的。一想到这儿，摩耶就紧紧握住手中的雾笛。他"啵——"地吹一声后便休息一下。为了爸爸！为了其他那些人！这才是好男儿该有的样子！我要继续吹！继续吹！

而在海上，爸爸一听到那虽微弱但一直响起的雾笛声，手腕上便会重新灌注进新的力量，不停地摇着船桨。又过了一会儿，爸爸的船终于靠岸了。刚好这个时候，须美也领着村子里的人跑过来了。

将照顾这些遇难船员的事交给村子里的人以后，须美就急忙朝塔楼跑去，然后看见弟弟摩耶倒在了地上，嘴里还衔着雾笛。

"摩耶！摩耶！"

姐姐拼命哭喊着弟弟的名字。所幸，勇敢的好男儿摩耶只是太累了，听到姐姐的哭喊声，他缓缓睁开眼，醒了过来。

# 街上的孩子

那是一个星期六的晚上。

春太郎走出浴室，正在穿和服的时候，看见对面墙壁上贴着一张大大的海报。海报上画着杰基·库根[①]手拿小提琴在街上走着，海报上还写了下面几行字：

## 杰基·库根

### 街上的孩子

十二月一日

电影馆

春太郎看了这个海报后，便急忙麻利地系上了腰带，飞似的跑回家。

---

① 杰基·库根（Jackie Coogan，1914—1984），英国演员，作品有《寻子遇仙记》《快乐的一天》《孤鬼苦遇》《空间小孩》《寂寞孤心》等。

春太郎非常喜欢杰基·库根，杰基·库根大部分的照片春太郎都见过。所以现在一看见杰基·库根的脸，就像是见到老朋友一样亲切。

"妈妈，我可以去看吗？"春太郎向母亲求道。

"你一个人去可不成！和姐姐一块儿去。"

"嗯！和姐姐一起去，就行了吧！"

春太郎飞快地跑到姐姐跟前，去求姐姐。

"妈妈说可以去了吗？"

"嗯！妈妈说和姐姐你一起，就可以去。"

"那好吧！就带你去！"

春太郎跟随着姐姐来到了电影院，姐弟俩坐在面对二楼正面荧幕的位置，等着开始的铃声。

过了一会儿，铃声响起，传来喊咔喊咔的胶卷转动的声音，杰基出现在了春太郎的眼前。春太郎不禁啪啪地拍起手。

"在这里，我们迎来了一位来自加利福尼亚乡村的少年。他的名字叫……"

解说员用古怪的腔调解说着。春太郎才不管什么解说员的解说。只要杰基出来站在舞台上，他只要笑着，哭着，走路，坐下，这样就足够了。当杰基哭的时候，春太郎也跟着悲伤，当杰基笑的时候，春太郎开怀大笑。

杰基的母亲去世以后，杰基就离开了养育自己的祖父和祖母，带着母亲留给他的唯一一件遗物———一把小提琴，独自一人到大街上谋生。

正巧这一天是圣诞夜的晚上。从漂亮豪华的房子的窗户里，可以看到暖暖的灯光，屋子正中央站着一棵高大的圣诞树，身穿漂亮衣服的孩子们在屋里来回跑着嬉戏。另外一家人的厨房里飘来阵阵的饭香。

"我什么也没有。没有家，没有圣诞树，没有晚饭，没有爸爸，没有妈妈……我什么都没有。"

杰基有气无力地在街上走着。他肚子又饿，天又冷，还下着大雪。杰基也不认识路，不知道该去哪儿，他只能漫无目的地在雪中走着。

玩具店的橱窗里装饰着巨大的泰迪熊。从玩具店里走出一位拎着大包的绅士，手里牵着个孩子。

"那个大大的包里肯定装满了许多玩具。"杰基呆呆地注视着那个包，心想。

"喂！喂！危险！危险！"车夫差点就把杰基给撞倒了。

从远处传来风琴的声音。很多天使和着风琴声，用脚踏着节拍，跳着舞蹈。在高高的深蓝色的天空中，数不清的星星在闪闪发光。

"真美啊！"

杰基仿佛做梦一样，望着高空。突然，一个蓄着白胡须的老爷爷慢悠悠地走了过来，"啊！是圣诞老人啊！肯定是圣诞老人！他来给我送圣诞节礼物来了。可是，他怎么没背着他的布袋呢？好奇怪啊！"

老人慢慢地走到了杰基身边。然后抱起杰基，将他带回了自己家中。说是家也不过就是一个破小的阁楼罢了。从第二天开始，杰基便和老爷爷一起上街弹琴，从街的这头走到街的另外一头。

老人是一个非常亲切的好人，他无微不至地关怀着杰基。但是有一天，老爷爷在听着杰基弹奏的摇篮曲的时候，微笑着离开了人世。这以后，杰基又被一名著名的音乐家带回了家。进到餐厅里，杰基看到那儿挂着一张女人的肖像画。杰基盯着画儿："啊！妈妈！"

那位音乐家一听吓了一跳。于是，杰基从口袋里掏出了一张照片给音乐家看。照片的背面写着"赠给杰基，你的妈妈"。那张照片和匾额里的照片上的是同一个人。

"你，你是我的孩子！"音乐家惊喜地紧紧抱住了杰基，轻轻为杰基拭去他眼眶里流出的喜悦泪水。

杰基的音乐家父亲，也止不住地流下了欣喜的泪水。春太郎眼里也直冒出豆大的眼泪。姐姐也情难自抑，用手帕擦起眼睛。

春太郎在去学校的路上想：快些下雪多好啊！快些到圣诞夜多好啊！可是，杰基后来怎么样了呢？从那以后，他就生活得很幸福了吗？又或许，他还是依旧穿着肥大的裤子，走在伦敦的街道上？我也想去伦敦看看呢。如果姐姐死了的话，我就可以得到姐姐的小提琴了。然后，在圣诞节的晚上，就走去伦敦的街头。然后，也会看见玩具店，还有装饰在橱窗里的泰迪熊娃娃。伴随着"喂！危险！"的喊声后，从星光闪烁的天空中走来了没有背布袋的圣诞老人。圣诞老人听着春太郎的琴声，夸赞道："弹得真不错！弹得真不错！春太郎以后会成为一个大音乐家！"

我一定也可以成为大音乐家的吧！我的父亲也会是大音乐家。呀！呀！我的父亲是上班族。

不知不觉，春太郎已经走到了学校门前。

"当当当"——学校的上课铃声把他从幻想拉回了现实。

春太郎赶紧停止了幻想，急急忙忙向教室的方向跑去。

# 清晨与夜晚

## 清　晨

这是一个春天的清晨。

太阳正分开玫瑰色的云霞，翻越一座小山头。小小的太郎，还在小小的白色的床上熟睡。

"起床啦！起床啦！"挂在柱子上的方形闹钟响了起来。"起床啦！起床啦！"尽管闹钟响了许多遍，可熟睡着的太郎什么都没有听到。"让我来叫醒太郎！太郎总是给我喂吃的，我唱首歌儿把太郎叫醒吧。"住在窗户附近的树上的小鸟说道。

好孩子太郎，
你快快起床，
你要是不起来，
捕鸟人就要来抓我啦！

院子里的小鸟儿们也都加入进来大声地唱了起来。但是，太郎仍旧像什么也没有听见似的继续睡着。

从海边吹来的南风，来到窗边说道："我很了解太郎！昨天在原野上，就是我帮太郎把风筝飞起来的。我从窗口飞进去，亲太郎的脸一下，太郎就会醒过来的。"

南风撩起窗帘，轻轻地进入了太郎的卧室。南风温柔地吹拂着太郎红果实般的脸蛋和嫩草一样柔软的头发。但是，太郎仍旧什么也没有感觉到似的继续熟睡着。

"太郎在等我把夜叫醒呢！"院子角落的鸡舍里走出来一只神气活现的母鸡，它说道，"谁都不如我了解太郎。所以我非常受太郎宠爱。现在我就唱首天亮的歌给他听！"

> 咯咯咯咯哒，
> 夜从东边的山上开始亮起来，
> 太郎太郎快醒来，
> 醒来去哪儿玩呢？
> 去大阪天满桥下，
> 把千石船的船帆扬起来。
> 咯咯咯咯哒。

被母鸡的歌声惊醒，在鸟妈妈的翅膀下睡觉的小鸟儿，屋檐下的鸽子，红色的小牛，牧场棚舍里睡觉的小山羊都睁开了眼睛。但是，太郎的眼睛还是没有睁开。

这时，太阳翻过了小山，在高高的天空上闪耀着金灿灿的光芒。在草尖上的露珠也醒了过来，铃兰也早早地敲响了清晨的钟声。小草、树木都欢喜地朝着太阳抬起了头。太阳慢慢地越过森林，阳光照射在了牧场上，慢慢地，太阳来到了太郎家的庭院里，阳光透过窗户照了进来，柔柔地照在太郎的脸上。这时，太郎终于睁开了可爱的眼睛。

"妈妈！妈妈！"妈妈听到后，立即走了过来。

"太郎！你醒了呀。是谁把太郎叫醒的呢？"

但是谁也答不上来，因为就连太郎自己都不知道。


## 夜　晚


太阳落山了，到了孩子们该上床睡觉的时间了。可是，干子怎么也不愿意睡觉，这令妈妈非常头疼。

"来！干子快睡觉了！小鸟儿们都睡觉了呢！"母亲一边催促道，一边给干子穿上睡衣。

"干子在吃晚饭的时候，不是听见鸟妈妈在咯咯咯地让小鸟儿们睡觉了吗？"

"可是，我还不困呢。"

"山里的小鸽子们也困了，都把脑袋藏在妈妈的羽毛下，咕咕咕地说着晚安，然后睡觉了呢！"

"可是，我不困嘛！"

"红色的小牛犊和小羊羔也都睡在牛棚里和青草上了。"

干子爬上了柔软的小床，可她一点也没有要睡觉的意思。她不高兴地钻进被窝儿里，使性子地扭过去扭过来。

这时，月亮透过卧室的窗子笑嘻嘻地照了进来。

"快看快看！"妈妈指着月亮的方向说道，"月亮也过来和我们的干子说晚安了。看，月亮还笑盈盈的呢。"

干子的眼睛里映着月亮的光芒。那样子，仿佛是月亮在说："干子是个好孩子，快点睡觉哦！"

干子躺在床上，望着月亮，说道："月亮，你也睡觉去吧！"

说完，干子就听话地把头靠在了枕头上，一边看着月亮，一边听着妈妈唱的摇篮曲。

月亮多美啊，像天使一样美。

"妈妈！月亮也会对小羊说晚安吗？"干子朦朦胧胧问道。

"嗯。月亮不仅催小羊睡觉，还给山里的兔子说晚安呢。"

干子的眼睑已经重得睁不开了。月光依旧轻柔地抚摸着妈妈和干子的床。


从东边的森林里
出来的时候，
月亮看见了什么？
看见了
青青的牧场上，

小羊羔们

轻轻地钻进

羊妈妈的怀里。

看见了

乖孩子

在和妈妈

一起睡觉。


月亮微笑地看着唱着摇篮曲的妈妈和干子。妈妈看着月亮微笑示意，可是干子什么也没有看见。因为干子已经十分香甜地睡着了。

# 那夜的借宿

那天，正好刮起秋风。失明的巡礼者侧耳听到已变黄了的落叶簌簌落入背箱的声音。踏上旅途将近五年，还未见到要找的人，秋风又一次刮起，在旅途上行走的人的日子真是过得飞快。让自己这幼小的爱女看到自己这副潦倒的样子，作为母亲，真是痛苦。

母亲用手摸索着："小夏，小夏。"

"哎，我在这里。"

"哦，你在这里啊。"说着，母亲将孩子拉到近前，将自己那流满眼泪的脸贴到孩子的小脸颊上。

"妈妈，你冷吗？"

"不，我不冷。你自从在赤穗感冒后，就一直没有好……"

"哎呀，妈妈，村里的孩子们又要过来了，妈妈，真害怕。"巡礼的孩子从母亲的衣袖下指向漆着白色墙壁的仓库的方向，那正是村头的方向。

"你呀，咱们又没有做坏事，怕什么呀。"

"可是，如果他们要我们给他们江户画，该怎么办呀？"

"啊，如果没有江户画，他们就不让我们过去了吧？"

二人忐忑不安地站在瓦顶板心泥墙的阴影下，不知如何是好。村里调皮的孩子们总是七嘴八舌地要求："巡礼者，给我们年糕，给我们豆子，给我们江户画，要是不给我们，就不让你们过去。"将母女二人围了起来。

这种情景，在我们出生的村里经常见到。当春雪消融，麦穗一寸寸地长出来，大山斜面的田地被春天绘成了绿色，三五群的巡礼者经过将耕地之间的间隙缝补起来的白色的山路时，在村里的十字路口，在大山的拐角处时，孩子们就格外兴奋。

巡礼者们每当遇到这些孩子的刁难时，便从袋子中拿出年糕和豆子，送给每个孩子一人一把。如果巡礼者不给豆子，孩子们便手牵着手将路挡住，说"这条路不准通过"，不让巡礼者过去。为了应付孩子们的这些天真无邪的刁难，从很远的地方过来的巡礼者中，有一种叫作"六部"①的巡礼者，他们在妻折伞下放入江户画，向每户人家讨要巡礼钱，为了答谢村民，便将一幅江户画放在村民家中，然后离去。这比"年糕"和"豆子"更让孩子们开心不已。江户画上画的，有的是便宜的木版印刷的相扑力士，有的是玩具厂，还有的是东海道五十三

---

① 六十六部的略称，是指到日本全国六十六所佛教寺院参拜，然后放上一本法华经，进行祈愿的巡礼者。

次①的缩图，等等。

在这些巡礼者中，多是因为信仰佛祖，只在初春时朝拜四国岛的八十八所佛教寺院，及小豆岛的寺庙。每到这个时候，各村为了招待这些巡礼者，有的为巡礼者提供住宿，有的彻夜为巡礼者编织草鞋布施与他们，有的招待他们吃红小豆糯米饭、饭团、年糕之类的食物。

巡礼者们站在山顶上，远远地眺望着插着表示招待的红旗的各家各户，然后欢欣雀跃地来到村里。只要来到招待的人家门前，唱一首短短的朝山歌后，便接受村民精心准备的招待。

在有着很深信仰、民风淳朴的小豆岛附近的大山中，可看到在巡礼者经过山路的树上绑着新做的草鞋。穿破草鞋的巡礼者便可将自己的旧鞋脱下，换上新鞋。

我在这个时候，还仅仅是一个小孩子。我家中经常留宿巡礼者，当天夜里听着巡礼者口中讲述的那些诸国的故事，对我而言，是再期待不过的事情了。

那天晚上，我将这对可怜的母女带到家中，听了很多很多关于纪伊国的故事。

---

① 指江户日本桥到京都三条大桥之间的五十三个驿站。

# 人偶娃娃小雪

在一个小村庄里，有一个小女孩，她有一个土烧的人偶娃娃。

人偶娃娃的名字叫作小雪。小雪有着黑黑的头发，黑黑的眼睛，还有玫瑰色的小脸颊。在小女孩为数不多的人偶娃娃中，小女孩最喜欢小雪。小女孩在山里散步时，坐马车时，总是将小雪带在身边，一刻也离不开她。

一天，小女孩带着小雪去摘茅草花。女孩像妈妈抱着自己的孩子一样将小雪抱在怀里，出门了。

不久，小女孩来到了牧场。为了摘茅草花，她暂时将人偶娃娃放在了草地上。柔软的牧草，就像一张舒适的大床，人偶娃娃肯定会很高兴躺在上边。

"我们马上就回去，你要乖乖地待着哦！"女孩说道。

　　……茅草花呀茅草花，
　　摘来一朵插在腰带上，
　　摘来两朵插在头发上，

摘到第三朵时，太阳下山啦……

小女孩边唱着边寻找茅草花。

……是借宿在坡上的人家呢，
还是借宿在坡下的人家呢……

太阳快要下山了，该回家了，于是小女孩向刚才放着人偶娃娃的地方走去。可是，到处都是一模一样绿绿的小草，小女孩找呀找呀，却找不到人偶娃娃了。

"哎呀，糟了，娃娃等我等得该有多着急呀！"

太阳渐渐地下山了，牧场已经暗了下来。

女孩的妈妈担心女孩，出来找她回家。

"哎呀，妈妈找了你好久啊。快，跟我回家吧！"

"可是，我的娃娃不见了！"女孩扯住妈妈的衣袖撒起娇来。

"明天再来找吧！"听到妈妈这么说，小女孩很不情愿地一步一回头向家的方向走去。一路上，小女孩很是担心，要是我的娃娃被人贩子抓去了该怎么办呀？妖怪会不会出来把它给吃了？

可是，既没有人贩子把娃娃带走，也没有妖怪出来把娃娃给吃掉。长长的小草被微风吹拂着，人偶娃娃小雪藏在小草里，谁也看不到。可是，小雪却不能从与小女孩分开的地方离开半步。

小雪在那里躺着，心中想着在太阳公公还没有完全下山之前，应该会有人发现她吧！不久，天完全黑了下来，可是没有一个人走过来。"我今天晚上不睡觉了。"人偶娃娃一晚上都睁着眼睛，没有闭上过。

然后，天亮了，小鸡们从对面的小房子里飞了出来。可是，木偶娃娃的眼睛还像昨晚天黑前第一颗星星出来的时候那样，睁得大大的。

……星星呀星星，

出来了一颗，

出来了成千上万颗。

孩子们的歌声从远处传来。是不是来带我走的呀？小雪睁大了眼睛，等待着。可是，谁也没有过来。

太阳也下山了，然后又迎来了黎明。这时，小雪听到附近有沙沙的割草声。那是照看牧场的人来割草了。不知不觉，周围的小草也被割掉，小雪的身上堆满了小草。

"我会被怎么样啊？"小雪就要哭出来了。

这时，一只蟋蟀从草丛中跳了出来，小雪问道："到底发生什么事了？"

"我也不知道呀，叽叽吱。"蟋蟀叫着，然后走掉了。

从土下钻出来一只青蛙，小雪问道："我身上盖着这么多的草，该怎么办呀？"

"这个，我也不知道呀。呱呱呱！"说完，青蛙又钻进了土里。小雪害怕极了。

第二天，小女孩终于来找人偶娃娃了。当牧场的人搬开草束时，人偶娃娃掉了下来。

"啊，太好了！"小女孩抱起人偶娃娃，不停地蹭着小雪的小脸蛋儿。紧紧地被小女孩抱着的小雪，她呀，她也非常开心。

# 南海夜语

在南方一个寂寞的海滨，有一栋古老得不像有人住着的别墅。这个村里的人除了知道别墅里住着一位悄无声息的上了年纪的别墅守门人外，对这个别墅的一切都毫不知情。

春去秋来，别墅的门始终没有打开过。然而，一天深夜，那是前年年底的十二月二十九号，从离这个渔村不远的火车站驶来了两辆汽车，停在了别墅的后门门前。这件事立刻在这个小小的村落里传了开来。

次日，村民们看到在这个空荡荡的别墅里，搬进来一个十二三岁左右的小女孩，还有一只白鸽。从那个女孩的穿着来看，应该是别墅主人的女儿。有村民议论说，将一个这么小的女孩子一个人放在这栋别墅里，女孩的家人也真是无情啊！还有一些妇女贸然断定是女孩的亲生母亲去世了，女孩为了躲避继母的冷漠，才来到了这栋别墅，甚至还为女孩落泪。

然后，三年后的新年这一天。

"小姐，新年快乐哟！"

"新年快乐！爷爷。我今天就满十五岁了呢。"

"是的呀，小姐。自从你来到了我这里，已经整整三年了呢。小姐，时间过得真快呢！"

"爷爷，你今年多大了？"

"哈哈哈，你这是跟我开玩笑呢，小姐。不过，这真是个好问题呢。哎呀，我今年多大了呢？看到月亮出来了，便觉得再睡几个晚上，新年就要到了，便盼着新年的到来。不，那已是很久很久很久以前的事情。自从我来到这个别墅后，便过着没有日历，也不和人打交道的日子。花儿开了，便是春天，虫子叫了，便是秋天，既没有开心的事，也没有悲伤的事。不过啊，小姐你在这美好的年纪，却要在这长满野草的乡下，和渔夫的孩子们一起，听着小鸟的歌声玩耍，爷爷心里真的觉得遗憾呢。要是先夫人还在的话，这个时候，你就会在东京的家里，玩纸牌啦踢毽子啦，边等着天亮边玩耍呢……"

"爷爷，你不是和我约定，到了新年就不再说妈妈的事情了么？"

"我这是不知不觉就说到了呢。瞧我都说了些什么了。不过，小姐呀，小姐你披着披风，将手放到膝盖上，喊我'爷爷'的样子，还有那语气，那声音，真的是和先夫人一模一样呢。所以我不由得就想起先夫人来了。"

"爷爷，我真的和母亲那么像么？"

"是呀，是呀，非常像呢。先夫人无论玩什么游戏，都要喊我'爷爷，爷爷'呢。你的母亲是如此的体贴、聪明、高贵，简直和历史中的公主一模一样呢。"

"爷爷，你见过公主么？"

"我没有见过，不过，我年轻时去东京玩儿时，曾经在清水的一个旅馆略微看到过你母亲的背影呢。不，你母亲像闪闪发光的太阳那样光彩夺目呢。我曾经读过阿丽娅公主的故事。阿丽娅是巴比伦城的公主，触怒了她的父皇，在一天晚上，偷偷跑出了城门。"

"真可怜呀。"

"这是一个非常悲伤的故事。'阿丽娅公主，这条山路多么的寂寞啊。'侍女说道。'你觉得寂寞吗？与那个不能自由微笑，不能自由哭泣，不能自由歌唱，不能自由写信的城堡里的寂寞相比，能像小鸟一样歌唱，像云彩一样奔跑，像诗人那样思考的这个旅途，是多么的自由，多么的让人心情舒畅啊！啊，快看大山那边，就像梦境般相连的大山的那边，那淡红色的云彩，便是等待着我的幸福哟！你不觉得么？'阿丽娅公主这样回答。"

"然后，那位阿丽娅公主怎么样了呢？"

"哎，故事总是无聊的。最后阿丽娅公主厌倦了漫长的旅行，变得很可怜了呢。"

"啊，这……"

"小姐，不要哭泣。那只不过是故事中的公主的命运。来，来，让爷爷给你唱一唱那位公主唱过的歌谣。嗯……对了，对了，是这样唱的：即便是小鸟，也思恋自己的小巢，啊，我的故乡巴比伦城啊……听听，这首歌很有趣吧？"

“真的呢，爷爷。我也要像阿丽娅公主那样呢。”

　　“哎呀，这只是一个小故事，您瞎说什么呢。阿丽娅公主是阿丽娅公主，小姐是小姐。来，来，今天是新年不是吗？快到院子里去玩吧。”

　　海滨的新年也在寂寞中过去了，初春的这个海滨渔村，早开的桃花已经星星点点地绽放。一日，别墅里的白鸽，脖颈上系着一张小纸条，飞到多云的早春的天空中，朝着北方飞去。那张纸条上写上了“即便是小鸟，也思恋自己的小巢……”

　　据说，住在东京一座别墅的主人读完这张纸条已经饱含热泪。

# 秘　密

在这个世上，凡是被问"为什么"后，可以回答得上来的事情，都是极其无聊的事情。譬如，椅子有四条腿，狗也有四条腿，那为什么狗可以走路，而椅子不可以走路呢？

这样的问题，自然可以回答得上来，但却一点儿也没有意思。

然而，我为什么会出生？请你试着问问这个问题。知道的人不会说出来，不知道的人也无法回答。正因为如此，才如此有趣。富士山有一万三千尺，尼亚加拉大瀑布是世界上最大的瀑布，这样的问题一点儿也没有意思。在这个世界上，我们所不知道的事情何其多啊！而且，在这个宇宙中，人们迄今为止所不知道的事情，一定比知道的事情要多得多。然而，这些却是地球上的世界里的事情。

在年轻可爱的少女们的梦中的国度里，所有的事情都是通过心灵来交流的。在这个国度里，没有一件是那种问了"为什么"后，可以回答得上来的无聊的事情。

"须美呀，你是怎么搞的？看看，把新年才做的衣服袖子弄得这么脏！"

　　母亲边折叠须美的衣服边说道。母亲就是母亲。母亲不是像须美这么年轻的姑娘。母亲也曾经是一个少女。然而，母亲已经忘记了自己年轻时候的事情。因此，母亲是不会理解少女的内心世界的。更不可能知道须美曾经偷偷哭泣时的泪水沾到了衣袖上这样的事情。说起眼泪，人们就会以为只有在悲伤的时候才会流出，然而，在少女们的梦中的国度里，她们会流下喜悦、悲伤、悔恨、思恋，甚至莫名其妙的泪水。

　　"怎么搞的？"对于母亲的这个问题，须美是无法回答的，须美只是默默地微笑。

　　"有什么好笑的？"也没有什么好笑的事情。在这种时刻，沉默着微笑，是将梦中的国度变得更加美丽更加快乐的成规。没有比微笑更安全的答案了吧！这样的话，梦中的国度便不会受到一丁点的侵犯，便不会被他人知道，年轻可爱的少女便可以永远一个人独自占领了。

　　"你知道你现在几岁了吗？"

　　生气了的母亲这样问道。

　　一般情况下，"我到了明年就这么大了哦"这样边说着边掰着手指的做法，是比较常见的。然而，如果这么回答的话，便会使少女美丽的梦中的国度变得无聊。更何况，数着容易老去的青春的日子的这种做法，在梦中的国度里面，是不会出现的。

　　"你今年已经十六岁了啊！"

母亲知道得很清楚。

须美沉默地微笑着。

在梦中的国度，一切都是秘密。秘密，秘密……没有比秘密更美丽的东西了。记不得是什么时候的事情了，须美曾经和小S及小A三个人，在学校庭院里的悬铃木（即法国梧桐）下各自挖了一个洞，然后将各自的东西放入小箱子中，埋进洞里。谁都不知道谁的箱子里放了些什么东西。须美不知道小S和小A在她们的小箱子中藏了些什么，小A和小S也不知道须美埋了些什么东西。每天，三个人都去那棵树下，微笑着。"你们在笑什么？"老师问道。

梦中的国度里的规矩，连老师也不能触犯。因此，三个人只是冲着老师微笑着。老师对不回答他问题的学生很是生气，然后走开了。三个人看着老师的背影，依旧微笑着。

有时候，体育老师会在这棵树下给他们讲南极探险的故事。老师说：世界上所有的秘密，都在南极。然而，老师却不知道，在他的脚下，就埋藏着梦中的国度的秘密。少女们的秘密，不止这些。在她们那红色腰带里，笔记本中，黑色的眼眸中，戒指中，甚至她们的视线中，都隐藏着"尘世"中的人们所读不懂的秘密。

梦中的国度里的少女们，可以从花落，鸟鸣，水流，人们像马儿那样大笑，老师像猿猴那样生气的表情中，读懂它们各自隐藏的秘密。

对梦中的国度里的少女们而言，雨天里披着斗笠钓鱼的人就像一个蘑菇，樱花像蝴蝶，纸拉门的影子像鸟儿，风吹动柳枝便会觉得悲伤，听到摇篮曲，便觉得那是龙宫里的歌谣。

问"为什么"的人，是不被允许进入少女们梦中的国度的大门里的。因为，他们触犯了不被允许经过的道路，他们是那种和少女们的梦中的国度毫无缘分的人。

倘若非要了解梦中的国度里的少女们，请一定不要问"为什么"，请试着问"苹果是树上结的果实吗"这样的问题，这样的话，也许会回答"是"，也许会回答"不是"，无论是哪一种答案，都不会让你感到失望的。被问到"阿尔弗雷德是属于哪个世界的国王"而回答"属于神界的国王"的少女是聪明的，这是因为她们是学校里的学生。梦中的国度里的少女，大概只会喜悦地哭泣吧。抑或，默默地微笑。例如，那个叫作山彦的少女。

她们只是在回答自己被问到的问题，而从来没有自己主动说过话。

自希腊以来，美丽的公主便被禁止讲话。阿诺尼姆的女儿厄科恰巧是梦中的国度里的一位少女。

一天，朱诺得知自己的丈夫去了厄科那里，便跟了过去，看到厄科没有什么事情，却讲了很多这样那样的话，以留住朱诺的丈夫。朱诺非常生气，便下令厄科只能回答别人的问题，不能自己主动说话。

然后有一天，一位喜欢厄科的少年去拜访了厄科家，厄科非常开心，但是她不能主动说任何话，只是一直默默地微笑着。

悲伤的少年非常生气，便回去了。厄科哭了起来。

这是大家耳熟能详的故事，就这样，少女们的梦中的世界从很久以前便不为人所知了。

# 经过我家乡的旅人

想要通过山路，
却被带着荆棘的灌木丛挡住去路，
待将灌木丛拔去，
夜幕已经降临。

　　我出生的故乡坐落在一个叫作殿山的大山的正中间，那是一个山褶间散落着几户人家的寂寞小村庄。当太阳开始下山时，山阴下的人家便开始笼罩在那黑色的黄昏帷幕中：首先是屋顶，然后是森林里的牌坊，接着是山谷……渐渐地迎来夜幕。最终，落日的余光仅仅停留在山顶，山谷间的小村庄静静地进入了夜幕，暮霭沉沉地密布在村庄的上方。于是，只剩下环绕着山麓的小河和沿山的酒窖的白壁，宛如在那夜色苍茫之中呼吸逐渐微弱的萤火虫一样，无助地发出淡蓝色的光芒。

　　那日，也恰是如此的黄昏。

　　彼时，有一位旅人从港口城镇的方向而来，抵达了通往村里的山巅上。旅人看到在山路两侧的耕地里，茄子和红薯已被收走，土地被翻整过，平整的田地里，只有开着淡白色花儿的荞麦在它那红色的茎干上瑟瑟发抖。

翻过通往村庄的山顶，他看到在一眼便可望见的山岬上，亮着一盏为专门过路的旅人指路的常夜灯。这已令那千里迢迢而来的旅人心中升起一股怀念之情。而那些一边数着寺庙里敲响的钟声，一边回到自己母亲家中的孩子，还有那隐约听到的小曲，更让这位年轻的旅人那多愁善感的泪水喷涌而出。

> 我家邻居千松
>
> 被近江国国主派去打仗，
>
> 第一年未回，
>
> 第二年也未回，
>
> 待到第三年的三月，
>
> 见到了他的人头回来。

年轻的旅人下了山峰，准备拐过山端时，却恰巧与一位刚点完常夜灯回家的少年相遇了。少年未曾想过在这夜幕中，在这狭窄的山路上，在这种时刻，会与其他人相遇。于是，他急忙朝左避让给旅人让路，而旅人也怀着同样的心情向右避让给少年让路。此情此景，让旅人吃了一惊，他又急忙向左避让。而少年也避到同样的方向。结果，二人同时站住，看向对方。

在我们的一生之中，你会遇到很多这样的人：在不经意的时刻，于一种不经意的心情下突然与其相遇，然后你便永远永远都不会将其忘记，在某种场合下，便会将其想起。然后，当你们因缘巧合再次相遇时，你便会觉得你曾经在某个地方见过他（她），总觉得他（她）的样子在你脑海中留下过印象，而并非是单纯地与你擦肩而过的陌生人。你们曾在某一地点，某一时期相互熟知，可是却怎么也想不起是究竟在何时与何地。

对于这个年轻的旅人而言，这位少年恰好就是这类人；而对于这位少年而言，这位旅人也正好给了他这种感觉。

这个旅人并不是仅仅从这个少年的面孔上看到了自己那可爱的少年时代的幻影，从而感到寂寞和高兴。他的心情正如某本书上所述那样，是"一河之流，一树之荫"①。于是，年轻旅人那挥之不去的哀伤立刻变成了微笑，朝着少年笑了起来。那微笑代表着什么意思呢？少年无须寻求答案，但在少年的心中，却可以立即感觉到那种心情。

二人什么也没有说，就这样擦肩而过。自然，那位少年就是我。对于一生之中会遇到许多事情的我们而言，这种小事简直不胜枚举。

然而，我却独独忘不了此事。连自己都觉得颇为不可思议。

---

① 佛语，大意为：在同一条河中喝水，在同一棵树下躲过雨，都是前世修来的缘分。

# 服部杢三郎先生

　　他不仅是历史家。

　　"以前在哪学习的？跟着哪个老师学习的？"大家首先都会问我这样的问题，我只好笑着作如下回答：

　　空中的浮云、田野边的小草、路边的行人、桌上的瓷器等事物所蕴含的各种含义，服部杢三郎先生都毫无保留地教给了我。这些都是我的"自画像"的背景。

　　在我的记忆中，我三岁就可以用笔画马了。六岁那年春天，我上了村里的小学，我不再誊写而是画了马后交给老师。

　　他用温柔的目光看着孩子心中产生的心与魂的交感；用充满感觉的线条画出马儿丰腴的四肢；用有力的笔触画出马儿伸展的头部和腿的形状。有感情而淳朴的马宛若早熟敏感的少年。为了表现这一想法，我迅速地画出了"马之图"。

　　我还十分喜欢马身上的味道，和别人无法忍受马尿味不同，我反倒非常喜欢这样的味道。正如我喜欢马一样，而且无论什么马都能很快地被我驯服。我将脸颊贴在马那柔软的鼻子上，我的胸膛完全接触到它发达的肌肉，那一瞬间，我狂躁的血液顿时充满了幸福。我调动所有的感官，时而从马的腹下穿过，时而紧紧抓住马的颈部。

这也是身心发育较早的少年对性的表露之一吧？

我有意识地开始思考表现自然的方法，是在小学高年级学习铅笔画之后。倘若说是"老师"教给了我这种方法，那么，当初教我初级铅笔画的服部先生便是我的第一任老师。

先生经常抛开教科书，将学生们带到教室外，让我们对着校园里的苏铁①、海棠花、鞋子、宫鸟居等进行写生。关于如何剪切作画，如何画阴影之类的东西，先生丝毫没有教过我们。他满是胡须的脸庞上总是透出锐利但充满了温柔的目光，看着幼小的天才们毫无把握地作画。然而，对于我的画，老师从未说过如何巧妙、如何好这样的只言片语。

小学毕业、离开母校的日子终于到来了。教了我们很长时间的世界地理、历史以及大和魂②的老师们，将即将毕业的学生一个个叫出来谈话，询问每个人将来的理想。

平时老师教导我们"人必须树立志向，然后才会有理想"。可是，我既没有理想，也未立下志向。

于是我的眼泪冲到了咽喉处。

"老师，我不知道以后要做什么。父亲说想让我继承酒馆的事业，所以要将我送到神户的商业学校学习；母亲说，外祖父觉得让我作画比较好。我不知道怎么办才好。"

---

① 即铁树。
② 日本在战争时期提出的民族精神。

这样答完后，我抬头看着服部先生的脸，他什么都没有说。

之后家人将我送到过很多学校，但最后我还是从事了作画这一行业。

现在想来，老师应该早就知道：松树苗最终会成长为一棵松树的。

从这个意义上来讲，服部先生是我的第一任老师，也是我的最后一任老师。

如今，老师依然在家乡培养幼小的天才苗子。

# 愚人节

只要愚人节一到，她一定会想起手枪的事情。

当她还在女子大学上学时，谈了一场不幸的恋爱。之所以说这是场不幸的恋爱，是因为她的恋人是独生子，她也是独生女，而且，他们生活在一个家族制度的因袭支配着世上所有父母的时代。更为严重的是，他们是瞒着双方父母偷偷恋爱的。所以，就像约定俗成的定规一样，他们的恋情自然也受到了阻挠。

她在很长的一段时间里都是休学状态，在家中被父母严厉地监管着。然而，由于她表现得很顺从，父母亲也渐渐放下心来，后来，在她的央求下，还允许她从下个学期起开始去上学。

在四月一日愚人节那天，她独自走在去学校的路上。四月清晨那柔和的阳光照射在她那穿着被改做而成的夹袄的肩膀上。她苗条的身姿生动地倒映在石板路上，这让她想起了《卖影子的男人物语》。她十分开心自己还有影子。突然，她发现自己的影子旁边出现了另一个人的影子。然后，那个影子用一支手枪指着她的头。

她站住了。影子也站住了。然后，那个影子说道：

"自觉点！"

"啊！"她大吃一惊，回头一看，原来是她的恋人，那看起来像小小的手枪的东西原来是一把钥匙。

"啊！"她再次大吃一惊。

第二年四月。她得了不治之症，住进了医院。她的恋人每天都来看她。她的父亲对此很不高兴。自然，恋人和父亲用那种不融洽的表情共同坐在她的床前，便是常有的事了。

父亲已经无法再忍受女孩的男朋友了。有一天，便在病房门口贴了一张纸条，上面写着"病人病情危笃，谢绝除父母亲以外的其他人探望。院长。"

她一天不见她的恋人都不行。年轻的护士是她唯一的支持者，总是偷偷地告诉她的恋人何时来比较方便。

她的恋人仍旧来看她。

这对恋人之间尽管话很少，但却相互安慰。然而，一个人得了不治之症，另一个人却很健康，这使得两个年轻人的心情很低落，相互之间已经说不出来什么话了。

两人每次相处的时间都极其短暂。

他回去的时候，从口袋中掏出一把手枪，笑着给她展示。

"又到愚人节了吗？"她静静地问道。这次是一把真枪。

然而，他收起笑容答道："这是为了我们无法相见的那一天而准备的。然而，我们不应该憎恨任何人，其实想一想，人总归都是要死的。"

　　她握住他拿着手枪的手，满怀感激之情，重重地撞向了自己的胸口。

　　她的眼睛里流下了止不住的热泪。

# 水滴的命运

　　我曾经是人迹罕至的深山老林中，某一片叶尖上的一滴小小的露珠。我离开了叶尖，滴在几千年以来堆积起来的树叶里，然后浸入泥土中，经过了漫长的时间，悄悄地通过了岩石与岩石之间的黑暗的峡谷，忍着疼痛从岩石之间出来，来到了仅有些许光亮的地方。

　　这里聚满了我从未见过的同类。这里是哪里？我问了一个看起来挺直爽的同类。他告诉我这个地方叫作"泉水"。

　　从这里开始，倾斜的道路变得更加狭窄，我们不得不在葱绿茂密的森林的树荫下疾步前行。不久，我们突然来到了一个明亮的地方，然而顷刻间，道路突然消失，我们堕到了没有地方可以依靠的空中。一眨眼工夫，我们便通过了比泉水更宽广的地方。这里叫作"瀑布"。我们从这里通过了长满苔藓的岩石之间的缝隙，通过了白云缭绕的山谷，然后来到了山麓。从这里开始，道路便不再是我们之前通过的那狭窄的岩石缝隙，它的两侧有长满青草的堤岸，那里有我们未曾见过的美丽的鲜花，它们倾斜着脑袋，像是在诉说着什么。我们也叮咚叮咚地穿过碎石，然后离去。

有着黄色嘴巴的小鸟停在树梢上，向它问道：这里是哪里？答道：这里是"小河"。

不久，小河经过了青青的田野，从盖着红色牌坊的松树林旁边流出。在那里，在小河之上，架着白色的石头。那个东西叫作"桥"。

我们一行流过美丽的牧场、村落以及田园，来到了一个宽广的地方。在此期间，我们见到了村落里的村民、牛、马、水车，还有风车。而且，我们的队伍也逐渐壮大了。道路变得非常宽广，我们来到了"大河"中。

大河缓缓流过广袤的原野，我们齐声唱起了歌谣。尽管也有一些伙伴在哭泣。当我们来到大河时，在我们头上，有一个木头做成的怪物在划水。那个东西叫作"船"。船上载着大米、酒和美丽的少女。

大河不断将我们的同类聚集在一起，漂流了几百里的路程。随着河流宽度的增加，船只的数量和桥的数量也在增加。其中，还有用钢铁造成的"蒸汽船"，也有用铁造成的"铁桥"。

不久，河流的两侧出现了漆着白墙的仓库以及炼瓦建成的宏伟的建筑物，大河上方架着的高桥上，通过的电车及马车不计其数。在那里，有着不知名的物体发出的响声，煤烟在空中弥漫，正对着河流的一户人家的窗户上挂着淡红色的窗帘，打扮艳丽的女子用团扇遮住脸颊。

这个地方叫作"都市"。

啊！让人怀恋的都市哟！

这是我对少年时期在某本书上读过的一个故事的记忆。这是一个关于"水滴的命运"，也即"我的命运"的故事。

来到向往已久的都市，十年的光阴已逝，恍如隔世。

"水滴的命运"，可以成为运河，可以成为公园里的喷水，抑或成为后街的水沟，在这都市里彷徨。成为运河的水滴，可以为都市的文明作贡献；成为喷水的水滴，也可以照射着背对着弧光灯的美人闪耀着蓝色的光芒；成为泥沟的水滴，倘若被颓废派的诗人见到，应该被讴歌为如血般的茜色和水果那样的青色吧。然而，归根结底，都要流向太平洋，向更南方更南方的地方流去吧。

"水滴的命运"也即我的"人世之旅"。

# 十月十七日拜读

没有血缘关系的相隔遥远的妹妹：

秋意正浓。

由于我搬过一次家，你上个月八日寄给我的信，经辗转后终于在昨天我就要踏上旅途时寄到了我手中。

于是我在火车上拜读了这封信。

我知道上了年纪的人们知道我的近况后一定会非常吃惊，心生同情。

然而，请你们放心，我已经不是从前那个容易感伤的少年了。回顾这些年，我曾经作为一个少年——并且作为一个对这个社会过分要求幸福的少年，只将自己的家当作了最后的快乐的隐居之所，因此，我少年时期那些幼稚的梦想都已经尽数破灭，变成了一个茫然的旅人，并渐渐地看清了自己。这些年来，甚至连为自己的祖国和人民做些事情的热情也已经失去了，这真是让人悲伤。故乡的亲人们啊，请你们一定不要担心我。

我在火车上读了你的来信。

贫穷绝望的我，甚至没有了孤独时可以想起的朋友。

我在没有人的车窗上放上柔软的毛毯，将疲乏至极的身体靠在了毛毯上，眼前浮现出了脸颊瘦削的年轻旅人的容貌。

眺望着前方那相连的宛若梦境般的旷野，心中涌起无尽的寂寞。

> 翻越了无数的大山，
> 渡过了无数的河川后，
> 是否可以到达
> 可令这寂寞消失的国度？
> 今日，我又踏上了漂泊流浪的旅途。

我们必须永远吟唱这首歌。

今日，我要启程去向往已久的大海边那春天花朵盛开的国度。

> 啊，我乘坐的火车发出微妙的晃动。
> 宛若少女般的法兰绒与我肌肤的接触哟！
> 苏格兰质西装那文静的触感哟！
> 从车窗外吹进来的风，宛若爱人夜间的秀发哟！

我一直在寻找刹那间的感官刺激，今日也踏上了旅途。

我渐渐远离了与我没有血缘关系的你们，也背叛了那些将小小的手指连在一起，发誓说"一定"的人们。我也不知道自己将要去向何方，悄悄地流下眼泪。

除了在旅途中作画，我什么都不做。

至少越过黑暗的蓝色大海时，唱着新加坡及波西米亚歌谣的日子是快乐的。

请将我的情况美化后再转告给大家，万分感谢。

再见了，曾经爱过我的故乡的人们！

你的兄长

# 与春天同行

　　晚春已近五月的一天午后，黄灿灿的太阳如同中国古代的皇帝般，用它那自信威严的步伐漫步在蔚蓝色的天空中。最近，他对他要做的一件事情没有自信。他看不惯那狂妄自大的太阳。

　　当时的他，比起门迪·罗丹①的辉煌业绩，更倾心于阿阑·慕尼叶②那谨慎小心的情操。

　　然而，他并未憎恶太阳。他没有憎恶的勇气，而且只要躲在家中，便可以不用看到太阳了。

　　但他还是选择了在荒川的堤岸上，同他心仪的一位姑娘散步。他背向傲慢的太阳，看着姑娘那沾满了灰尘的束发和束发下那青青的后颈，还看了被灰尘沾脏了的白色布袜。然后，他感觉到了淡淡的哀伤和强烈的爱情。没有突然抱住女孩的肩膀接吻的习惯的他，将手使劲地插在口袋中，然后握住香烟盒。

　　"五色樱花也要开完了呢。虽不是已经完全凋谢，但是叶

---

① 以色列著名指挥家、作曲家。
② 法国著名大提琴家。

子都出来了呢。"

"是呀。"姑娘说着仰头看了看樱花。

不愧是荒川堤岸，路上的行人已经很稀少了。

"那还是我刚去东京时，到荒川赏樱花时的事了。毫不夸张地说，赏花的人比那樱花的数量还多呢。当时是砚友社①的全盛时期，那时不是有写在赏花大会上，遇到自己心仪的姑娘的那种小说吗？而现在都是在帝国剧场呀、音乐会这种地方邂逅了。对了，是哪一次赏花来着？看到堤坝下面的草原上，有一个带着方角头巾的男人，将蓝色毛毯铺在草原上，双手揣在怀里，用一只手的手指模拟黄莺飞越山谷的鸣叫声和马儿奔腾时的嘶叫声，然后转到赏花的人们中间讨要银子（可是他不要扔过来的钱哦，这样看来有点像武士的后代）。啊，那些有名的武士，现在也都已经故去了。"

他说完这段话后觉得有些伤感，感到很不好意思。他有这种感叹，源于与这个世界隔绝的焦虑与自暴自弃；而他过着保守的生活，是因为他深爱的女子的逝世。他常常为自己辩护，宠溺着自己。

那位姑娘也清楚他究竟有多么深爱他死去的那个她，因此，她可以想象得出他如今是多么的烦恼。姑娘是他忠实的读者，她两三天前从一个遥远的北方小镇而来，她的身心已经做好了准备，她就是为了给他在清晨沏上一壶茶，夜晚点亮一盏

———————————

① 建立于1885年，是日本近代的第一个文学团体，主要成员有尾崎红叶、山田美妙等人。

灯而来。他为自己如同一个悲剧人物那样，期待着姑娘那颗勇敢而直率的心的行为感到羞耻。

尽管所有的东西都会失去，然而，他依旧无法抛弃在他内心深处存在着的、不时会出现的那个东西。那究竟是什么东西，他自己也不甚清楚。而他也恐惧去将这个东西看清楚。

她是否知道自己内心深处的那个东西呢？无论怎么说，那个年轻的姑娘应该可以改变他的生活，将他曾经失去的东西再寻回来吧？

骄傲自大的中国皇帝朝着黄昏时分的西方天空走去，而悲伤的他和她朝着堤岸东边走去。当走到千住町<sup>①</sup>时，品种齐全的菜市场中各家店铺内，也悄然点起了提灯。

他想在一处安静的饭馆吃晚饭，可是双脚不知不觉地已经走过了千住大桥。在这附近，除了桥下的烤鲫鱼店，便没有稍好一点儿的饭馆了。于是，他们便乘上了不知何时已经驶到二人面前的开往人形町<sup>②</sup>的电车。

姑娘并未抓住手环，而是依偎着他。

他感受到了姑娘那让人感动到流泪的爱情。

为了化解自己这阴郁的、焦躁不安的心情，他可以去爱这个姑娘。

他这么想道。然而，如果自己这么做了，结果会怎样？这位惹人怜爱的姑娘会怎样？

---

① 位于东京都足立区。
② 位于日本东京都中央区。

塞满人群的电车，将需要下车的乘客放下，又将需要上车的乘客载上，然后飞快地奔跑着。每个人看起来都充满了希望和自信，去自己要去的地方，回自己要回的地方。

　　姑娘等着他说出些什么。她想快点听到他想说的话。他只要说了，他们便可以在任何车站下车了。然后自己可以随着他去任何地方，甚至，去这世界的尽头。

　　"可爱的姑娘啊，请原谅我吧。连我自己也没有想清楚到底该怎么办才好。"

　　电车勇敢地飞驰在灯火通明的大街上。

# 小　美

　　她是我在学校里的一个朋友。我一直叫她小美。她的衣袖里，总是装有很多青的、红的、紫的毛线。那衣袖里，还有只有头的京都木偶娃娃，丝线绕成的手鞠①，用友禅绸子布条做成的小布袋。

　　小美的衣袖，对于我而言，就是个魔法宝盒。

　　当时，她还会从衣袖里拿出红色墨水写成的一百分的抄写作业给我看。可是，我还是不知道，除此之外，那衣袖里究竟还藏了些什么其他令人感到吃惊的宝物，美丽的宝物。每当小美那白皙的小手从她那衣袖里掏进掏出时，我总是怀着一颗好像在看魔术师表演的好奇心一般，我的眼睛也像是在紧紧盯着魔术师的手从那红色的布盖里伸出来一样。

　　我吵架能吵过小美，学习比小美好，玩取纸牌②的游戏也从来没有输过，我什么都比她强。然而，只要想到小美那红色丝绸做成的衬布的袖口，我便总是感到害怕。小美的衣袖，是

---

① 日本传统玩具，又名手球。
② 日本游戏一种，例如伊吕波纸牌，出现于江户时代。

我难以攀登的圣地。

我们总是在小美的家门口玩耍。小美家大门的顶棚上有一个鸽子窝。曾经见过小小的鸽宝宝伸出它那红色的小嘴巴咕咕地叫着。

由于学校离家很远，所以女生一般要比男生晚一个小时左右才能回到家。我便站在小美家的大门口等着小美。见到小美后，说的也只是学校里的老师的坏话和同学之间的事情而已。

忙于农事的村民们，似乎并未发现两个孩子每天都站在门口说话的事情。在农村，小孩子的世界和大人的世界是完全没有交集的。然而，当年的少年也曾经写下幼稚的诗歌，为了将这诗歌送给这位少女，而在少女门口等着。

"你怀里是什么东西？"

"没什么。"

"让我猜猜。"

"嗯……"

"是画吧？"

"不是。"

"抄写作业本？"

"不是。"

"那……是什么呀？猜不到。你告诉我吧。"

"你不现在就看的话，我就把它给你。"

"我不看，你给我吧。"

正当我要把诗歌从怀中掏出来递到小美的手中时，却被其他人给夺走了。那是一个扛着锄头的男人。尽管我和小美两人一起去夺，可是那个男人却只是笑着离开了，他并没有还给我，把小美惹哭了。尽管如此，那个男人还是不能了解孩子那容易受伤的心，笑着走掉了。

　　孩子那安静的悠闲的世界，被这个侵略者打破了。自这以后，这首诗歌便在村里的年轻人的口中，半是嘲笑半是赞叹地传唱开来。小美的门前，已不再是我们可以安心说话的地方了。

# 小草的和服

　　草一的爸爸十分贫穷，所以没有钱给草一做和服。所以，草一穿着破破烂烂的衬衫和脏兮兮的裤子。但草一是一个非常好脾气的好孩子，大家都很疼爱她。

　　一天，草一在牧场上走着，突然，有很多小羊朝着草一的方向走来，它们兴奋地围在草一身边。

　　"我喜欢草一姐姐。"

　　"我也喜欢。因为草一姐姐总是给我们带来美味的嫩草。"

　　"今天又见到你啦，草一姐姐。哎呀，你没有和服呀？"一头小羊问道。

　　"我没有和服。"小草答道。

　　"啊，真可怜呀。那，我将我的羊毛送给你吧！"

　　"我也要送给你！"

　　"我也要！"

　　"我也要！"

　　小羊们拔下自己的羊毛，送给了草一。

"谢谢你们！"草一朝森林的方向走去。路边的灌木丛说话了："草一姐姐，我来给你梳理羊毛吧！"

"这样啊，那谢谢你啦！"草一便请灌木丛帮她梳理了羊毛。

然后，又朝前走去。不久，草一遇到了树枝上的蜘蛛。

"小姑娘，"蜘蛛说道，"我来帮你将羊毛纺成丝线吧！"

> ……嗡嗡嗡嗡嗡嗡，
>
> 纺车转了起来，
>
> 丝线便织了出来。
>
> 是什么丝线呀？
>
> 是绫线。
>
> 红的，青的。
>
> 纺车转呀转，
>
> 嗡嗡嗡嗡嗡嗡……

就这样，羊毛很快被纺成了漂亮的丝线。草丛里的一架旧织布机也说道："小姑娘，我也来帮你忙吧！"然后，织布机用纺好的丝线，织起布来。

> ……唧唧，唧唧，
>
> 这漂亮的丝线呀，

　　　　飞到那空中便是虹桥，

　　　　现在要用这丝线，

　　　　为你做身漂亮的和服，

　　　　唧唧，唧唧……


　　就这样，一块漂亮的布便织成了。

　　这时，一只螃蟹从洞穴里爬出来，帮草一将这布裁剪出来。然后，蟋蟀们开始缝制和服。


　　　　……缝呀缝，缝呀缝，

　　　　天气变冷啦，

　　　　要做身和服呀，

　　　　上身用藏青色的绉纱布，

　　　　衬衣用绣着山茶花的绉纱布。


　　不一会儿，一件漂亮的和服便做好了。"快，小姑娘，快穿上吧！"大家看到草一那漂亮的样子，都非常开心地齐声说。